提子墨
Tymo Lin
著

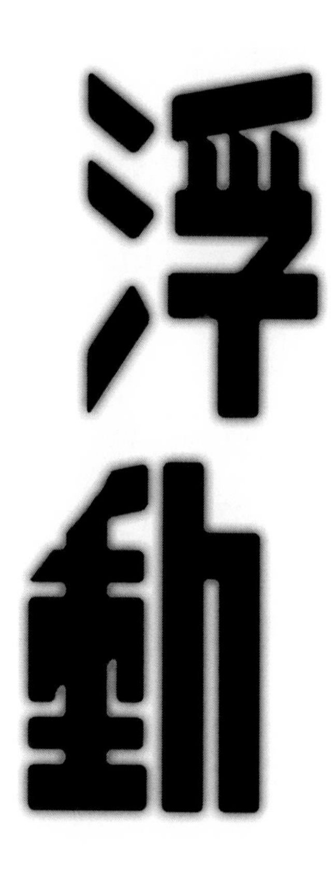

本故事所出現之人物、團體、場景、史料與科學理論
純屬虛構，如有雷同實屬巧合

【各界名家好評】

提子墨的創作，想像力總是無遠弗屆，令人驚奇不斷，看似尋常不過的隻字片語，在他的筆下，卻能發揮出刺激、颯爽，有如魔術一般、充滿奇趣的魅力。因為，他用心最深的，就是異想天開、超越常識的故事舞台。

這番「只此一家，別無分店」、原本只能在推理小說中見識到的精湛演出，在新作《浮動世界》裡，終於擴展為科幻小說的世界觀了。甚至，還讓推理類型的「逆向思考」更上層樓——故事裡，沒有外星人，而是內星人；沒有分屍案，而是縫屍案。而在「圓之內」與「圓之外」之間的決絕兩隔，仍然存在著人類的長思久念……在這場末日浩劫臨近的時刻，提子墨依然溫婉，依然情感真摯。

——**既晴**（知名推理作家）

在環境惡化的影響下，世界步向毀滅，北極冰層融化、遠古時代封存的植物和細菌現身，人類也因此一分為二。提子墨老師藉著眾多人物的側寫，將殘酷世界的不同樣貌呈現了出來，不只藉著極限環境刻畫人性，老師同時也藉著不同時空和人物間的交錯劇情，一點一滴的埋下了懸念。

為何會有神秘屍體，又為何會有不似人類的生物出現？當面臨最後真相時，我想我們都值得反思，人類對於這個地球，究竟是什麼呢？」

——小鹿（知名輕小說作家）

「最引人深省的末世預言，並不一定是天崩地裂的世界末日，而是在人性的自私與懊悔糾纏之下，荒蕪乾渴的內心世界。」

災難／末世小說一直都是我最喜歡的題材及書型，而《浮動世界》本質上大概是一部探討環保議題、災難事變的科幻著作，但是裡頭所飽含的一則則小故事及末世記敘，是比現實還要真切的幻想、比懸疑還要合理的故事。以及，比我們「人類」自以為是的思維，還要更加千變萬化的人心。

亂世之中，還有誰不瘋狂？本書雖說參雜了許許多多不同的元素，包括科幻、懸疑、驚悚；

溫情；環保議題的省思、地球末日的預言、古代神話的改編，甚至是加入了一些奇幻的成分在充滿科學理論的架構之中。但是卻能在有限的篇幅與打散的小人物故事之中，體現這些元素的奧妙與精華。

尤其作者利用了本人的經驗與實際的走訪接觸，讓文筆下的「台灣」和黑白字句都彷彿活了過來，將那片荒唐的大地、膨脹的私慾、詭譎的事件，以及一個個看似遠在天邊卻無可駁斥的天災預言，都忠實並靈活地在我們眼前展開。「親臨現場是十分重要的。」我很尊敬的一位資深記者曾如此說過，現在，提子墨老師更是印證了這樣的哲理。

「在自然的反撲之下，本為罪魁禍首的我們（人類），也不過是個手無縛雞之力的無名小卒。」我們全球七十多億的人口現在所面對的，是氣候的極端化、災害的頻繁化，還有人類日以繼夜地啃食之下，地球環境的快速衰老。科學家們、環保專家們雖也馬不停蹄地研究並尋找雙邊共存的道路，但同時，地球是否真的在暖化？還是會再逢冰河時期？抑或是我們其實毋須擔心過度的排碳？這樣的爭論亦是絲毫不見消退。正當熱浪席捲歐洲、冰嘯撲過美加東岸、海平面一公分一公分慢慢上升之時，人類卻沒有明顯開始「關心」這顆星球的傾向。

也許我們需要的，並不是震撼全球的演說或等到某個國家實際走向消亡。

而是一篇故事。

《浮動世界》就是這麼一篇引人入勝、衝擊強烈的小說，我個人甚至感覺望見了過往曾看過的外國科幻警世名著《群》與《最後理論》等書的影子。藉著「圓之內」與「圓之外」、戰勝及戰敗、滅途之世與繁盛之世的比對，我看見了悔恨及孤單的情感穿梭於篇章之間，隨著詭異而循序漸進的劇情，更將主軸不斷地拉回「末日將臨」的警世議題之上。而且不單單只是所謂人類的「過度發展」而導致的環境災變，本書更著墨於物種高下貴賤分別的荒謬、利慾強權的人性醜惡，還有沉迷於幻象之中的愚昧。也許最終書中的離奇現象不會在我們身上發生，不過，絕對不失為一個令人能夠不斷咀嚼深思的優秀災難小說。

「我們總是一昧地自以為比任何賤種都還高尚，卻從沒想過低頭看看自己的內心是什麼滑稽的模樣。這就是本書的滅世幻想所自嘲之物。」

——**亞次圓**（知名YouTuber、影音創作者）

提子墨第一次寫推理小說就是起點很高的科技知識型小說《熱層之密室》，我一直期待他寫出科幻長篇，原因很個人，我喜歡讀，而台灣由於市場問題，願意花長時間專注去寫的作者非常少。

五年後，他交出的《浮動世界》不像科幻小說般處處流露陌生感，反而走平易近人的懸疑驚悚路線。小說有他一貫的國際視野和偵探緝兇。故事設定在台灣，卻是在第三次世界大戰後，國際局勢截然不同，現今人類面對的眾多生存危機不但沒消失，反而愈來愈多。在這個危機四伏的小說裡，他拋出最根本的大哉問：人是什麼？從何處來？從何處去？」

——**譚劍**（香港科幻小說作家）

通往地獄之路都是由善意鋪成的，來自地底的末日救贖，卻點燃了三戰的火種。《浮動世界》藉由成雙成對的死亡異象，結合末日後的科幻設定、離奇命案的懸疑情節，將後末日題材在地化，解開潛藏在地表與地底世界中的幽微真相。」

——**楊勝博**（文學評論者）

在科幻文學大都描述歐美的今天，能看到以台灣為背景的科幻作品實屬幸運。《浮動世界》著重的不是拯救的英雄故事，也沒有一切都沒有意義的的科幻式虛無，而是小人物的掙扎，在戰後試圖找回日常，使人與文中人物緊緊連結。除了科幻元素，裡面的偵探解謎情節和神話元素也十分創新，會讓人有種「哦？」的感覺，在科幻作品中也難找到相似設定，樹立了自己的風格。

——**黃道永**（台大星艦科幻社社長）

目　次

圓之內篇

序幕：Hello from the Children of Planet Earth

親愛的時間囊開啟者：
在閱讀這一封訊息前，
懇請為我環視眼前的一景一物。
假如，你所見到的是一望無際的懸浮沙塵，
與布滿礫石的焦紅沙丘，
那麼我相信自己早已不存在了。

抑或，你看到的是一片綠草如茵的無盡草原，
清溪泉水奔流至地平線的山林河谷，
那麼請感謝你我心中那一位造物者的奇蹟。

我們曾經一直以為，「那一天」不可能那麼快降臨，

卻沒想到在短短的五年內，人類就進入末日前夕的逃亡恐慌。

當極端的氣候開始異變，
全球許多城市的炎夏氣溫，飆升至攝氏五十多度的熱浪，
北極振盪或極地渦旋，卻又造成北美零下五十多度的酷冬，
甚至，一波波宛若十星連珠的超級颶風與颱風……
世人卻一如既往表現得事不關己，
反而極力打壓提出減碳議題的年輕世代。

儘管，北極的冰川、冰原、冰山與永凍層早已急速消失，
高溫造成澳洲、美加、葡萄牙與亞馬遜雨林野火不斷，
那些自以為是的政治人物或財團巨閥，
仍大言不慚否認是工業空污或臭氧層破洞，
而造成了氣候變遷或全球暖化的連鎖反應。

直到，太陽表面出現了前所未有的巨大耀斑

——「奧菲斯之眼」後，
人類才驚覺原來蠢蠢欲動的活躍閃焰，
也正默默牽制著這顆星球的存亡命運。

直徑長達十二萬公里的太陽黑子，
遠遠超出地球體積千倍的龐然耀斑，
持續噴發著強大的閃焰所引起的日冕拋射，
醞釀著夾帶高能粒子的太陽風暴，
可在頃刻間摧毀因工業空污而吹彈即破的大氣層，
瞬間蒸發海水河川、癱瘓人類的文明與科技，
把地球夷為一顆草木不生的死星。

當NASA的探測車才在火星發現了水，與適合微生物存活的環境，
科學家們也正積極研究未來人類移居火星的可行性時，
我們早已面臨了迫在眉梢的逃亡移民潮，
也才領悟到人類自以為是的有限科技，

根本無法將自己帶離這一顆即將猝死的星球，
更無法免於太陽風暴所可能引發的末日毀滅。

起初，
聯合國安全理事會並無法決策世人未來的安危，
直至十五個理事國的「地幔移民計畫」擬定後，
全世界諸國反而陷入了一場爭奪之戰！
短短五個月的「第三次世界大戰」，
我們的地球被一分為二。

在恐慌與絕望之際，
人類毫無顧忌放棄了人性與道德，
只求能在亂世之中苟延殘喘。

那些贏得勝利進入地幔避難的強國，
被稱為「圓之內」城邦；

而戰敗後被留在地表上等死的小國，
則成為所謂的「圓之外」城邦。

當你無意間挖到這一顆時間囊，
並且開啟了鋼環的那一刻，
也許已是五年後、五十年後或幾個世紀之後，
曾經，被遺棄在地球表面戰敗的我們，
可能早已在太陽風暴的襲擊下化為宇宙塵埃，
或者在奧菲斯之眼消散後幸運存活了下來。

無論你是從圓之內回來的子民，
或來自千萬光年之外的星系，
這個時間囊將為我們的存在留下痕跡。
我們，曾經存在過、強大過、自大過、淪陷過。
最終，仍逃不過被大自然反噬的命運。

那只外觀宛若不鏽鋼材質的時間囊，約是潛水用的氧氣筒大小，只不過蒙塵的銀亮鏡面早已布滿了污漬斑點。在膠囊狀的兩端各有一個金屬拉環，橢圓形的前段與後段分別被兩口鋼環緊緊扣住瓶身。

此時的時間囊早已被開啟，卸下的鋼環與幾枚螺絲躺在一旁。原來，頭尾的拉環向外拉開後，也真如膠囊般被截成了兩段，內部的結構接近保溫容器的質感，塞滿了許多捲筒狀的文件與隨身碟。

◇◆◇◆

男子端坐在黃土地上，閱讀著其中一只展開的紙捲，每讀完一頁後便遞給身旁的一位女子。那名男子看起來年約三十多歲，女子則大概二十出頭，兩人穿著同一個款式的連身服，接近金屬光澤的不知名材質透著一抹古銅色，還分別套著一雙厚底的長筒靴。

「我從來沒有想過，三戰後的日子會是那麼艱苦……」男子道。

那名女子神態凝重，低著頭讀著手中的文件：「這些手寫的紙捲讀起來充滿與世訣別的悲慟，每一份文件上的筆跡也都截然不同，看來應該是匯集了上百人的戰後記事。」

她將時間囊內的紙捲全部抽了出來，一張張攤平在地上：「你覺得上面所記載的這些人還活著嗎？」

「我不知道……我只希望至少『她』仍好好地在某個安全的角落……」

良久，他才抬起頭用疑惑的眼神看著女子：「我想不透……為什麼這些紙捲所記載的事件中，都有一些詭異的共通點？」

「共通點？你是指憑空消失或死而復生？」

「那些匪夷所思的奇異現象，會不會在這些手寫的冊子中有更深入的記載？我們回團部後再仔細閱讀吧！」

「我覺得看上去更像是亂世中的什麼妖魔鬼怪作祟！」

男子手握著紙捲，眼神霎時放空凝視著黃土地上的星空。

「妖魔鬼怪？」他低聲喃著。

十年前

圓之外篇

第一章　消失

台北市，信義戰後重劃區。

伍瀞騎著電動機車，在攝氏五十五度的高溫下，緩慢行駛於顛簸的石子路上，眼角的餘光還三不五時盯著儀表板的電瓶格數，擔心著電量是否足夠撐到目的地。昨晚的限電時間之前，少了根筋的她才匆匆忙忙將機車插上電。結果充電不到半個小時，宵禁時間一到，這一座城市就瞬間進入斷電的黑暗之中。

假如還能像過往那樣隨時衝到加油站，那該有多好？她甚至懷念起西門鬧區那些俗麗的七彩霓虹夜色，或是宅在公寓中熬夜打怪與追劇的網路時代，可是一切已經離她這個世代非常非常遙遠了……

三戰之後，身為戰敗國的我們，和許多非洲、東南亞或中南美洲的小國家一樣，很不幸地淪為被遺棄的圓之外城邦，在無國界、無政府的狀態下過著淪陷般的自治生活。人們也走進了那種沒有網路、沒有穩定電力、沒有石油能源的日子，就像回到了上個世紀初，只有紙本、書寫與廣播的單純年代。

因為，一切的科技、能源、商業、經濟、文化或教育，全被戰勝國們帶進了由地殼層層包覆的圓之內，那個能免於被奧菲斯之眼摧毀的地幔空間。那些曾經有權有勢的達官貴人與政客背離了我們，紛紛透過異國的特殊管道歸化至圓之內，離開了這一座曾經誓死相守的海島。

只留下圓之外的子民們，掙扎求生活在這一片不再會進步與發展的地表上，心懷僥倖地期待耀斑閃焰所帶來的太陽風暴，不會那麼快到來，或是永遠不會來……

電動機車從滿目瘡痍的基隆路左轉進了松壽路，伍瀞面無表情環視著這個曾經被稱為信義商圈的區塊，過往歌舞昇平的霓虹繽紛，如今早已化為一座座披著塵土與爬滿蔓藤的古舊樓廈。那一片當年被號稱為世貿三合一的酒店、展覽館與國際會議中心，曾幾何時已成了遊民佔地而居的廢棄樓宇，與低收入戶群聚的跳蚤市集。

台北一〇一大樓依舊遠遠地佇立著，彷彿是這一座海島永遠的性象徵，一如既往像假陽具般堅挺地豎立在地平線上，不知名的樹蔓爬藤早已從許多樓面竄出，如長長的水母觸角隨著風流瀉而下。曾經高聳的巨根，如今看來卻宛若雪糕般正逐漸潰融著。

這幢摩天樓過往有著天空般水藍的玻璃帷幕，現在卻如牙床上缺了許多門牙的老漢，一扇扇少了強化玻璃的黑暗窗口，猶如一雙雙深邃空洞的眼睛，在斑駁的牆面上劃下了淚痕般的鐵鏽水痕，就那樣靜靜地凝視著腳底下人去樓空後的淒涼。

伍瀞的目光停在左前方的一片空地，表情頓時充滿了疑惑。她記得前幾天經過時，這裡還有一座兩、三層樓高的裝置藝術呀？如果沒記錯，應該是知名雕塑家聶亞的放大翻製作品，好像就叫做「空穴來風」。當年雕像落成典禮時，她剛好就在附近的國中就讀，每天通車走出捷運永春站後，都能仰望到那一座令人雙眼為之一亮的雕塑品。

它的基座看似漂浮於半空中的巨大黑洞，約四十五度傾斜的洞口朝著商圈的空中，噴出了一道如龍捲風的倒錐體，在看似盤旋的翻砂錐狀物體上，細膩地雕刻著如木乃伊般的纏繞線條，凌亂如裹屍布的旋風中夾雜著幾十張面孔，還從縫隙中伸出了掙扎的手或腳，有些人的表情悲傷、憤怒、倉皇或傻笑，有些人則是虔誠的泰然自若、甘之如飴地迎接死亡。

她還記得當年全球媒體爭相報導，太陽表面出現了體積比地球大上千倍的巨大耀斑，更證實了隨時可能摧毀地球的種種危機，自大的人類才終於覺醒自己微不足道的渺小。聶亞的空穴來風就是在那段時期，充滿警世意味地高高豎立在捷運站前的廣場，那片巨大的黑洞意味著耀斑所將帶來的末日太陽風暴。

為什麼那麼一座警惕人心的巨型地標會被撤掉？不，伍瀞覺得更像是突然消失了！她非常確定三天前還目睹過那座布滿綠鏽與污泥的雕塑，現在地面上卻連移除或拔樁後的痕跡都沒有了，而原本印象中廢棄捷運站前的廣場，只剩下一大片比人還高的蘆葦叢。在這麼個無政府與工事單位的亂世中，又怎麼可能那麼迅速撤掉如此龐大的戶外景觀？還刻意在空地上種植了一大片蘆葦叢？

那一座空穴來風的雕像，彷彿根本不曾存在過。

伍瀞將機車停在重劃區內一長排連棟式的建築物前，在烈日下將遮陽帽壓得更低，小跑步進入其中一幢樓房內。這一塊重劃區只不過是戰後福利推動社團，佔據了當年風光一時的廢棄科學園區，所設立收容孤兒與老人的簡陋慈善機構。她憑著三戰前護專肄業的學歷，主動加入了高齡老人的長照部門。

雖然勞動力所能換取的糧食補給少得可憐，但是能夠照顧比她更需要幫助的人，總比每天窩在如蒸籠般的破舊小公寓內等死，眼巴巴望著將會毀滅自己的當空烈日來得有意義。聽說後天整座島嶼的溫度可能會超過攝氏六十度，三月的初春竟會是如此的高溫，令人走出戶外時有一種隨時可能被熱浪燒得屍骨無存的恐慌。

她穿過了二樓的長廊走到了盡頭，有一個科技公司棄置的櫃台所改搭成的護理站，裡面早已有另外幾位社工忙進忙出，有的正在分配著托盤內的藥品或維生素；有的則低頭手寫著報告或日誌。

一位男社工正忙著為老人們調整中古電視上的天線，布滿雪花的螢幕上若隱若現閃著社團新聞的畫面，那也是如今唯一能以天線接收到的電視台。還有幾位老婦面無表情地端坐在牆角，聆聽著收音機內模糊不清的歌聲，聽起來應該是多年前流行過的一首K-Pop歌曲。

聽說，那個男孩天團的主唱早已透過美國的經紀公司，申請加入地幔移民計畫的移民潮，頭也不回地拋下被遺棄在圓之外的一批死忠歌迷，如今或許依然在圓之內城邦繼續走紅吧？

戰後第三年，被遺棄在圓之外的人類，回到了沒有電腦、智慧手機與網際網路的年代，唯一可使用的通訊器材，只剩下無線電發報機與傳統的固線電話。電視上的社團新聞報導，與收音機裡寥寥無幾的地下自救電台，成了世人接收資訊的僅剩途徑。報紙？充其量只徒留那些不定期張貼在社區佈告欄的大字報。

只不過，這些遺留在圓之外幾個世紀前的科技產物，在太陽閃焰三不五時的電磁脈衝襲擊下，也逐漸成為一堆堆癱瘓無用的廢鐵。

伍澥接過另一名女性社工的交班日誌，大致讀了讀每一床老人今早的作息狀況。

那位叫嘉嘉的女孩指了指日誌上的其中一行：「喔，二十五號床的顧老伯一早就拉了好幾次肚子，待會放飯時看看他有沒有體力走到食堂，要真不行就得幫他打一些飯菜送到床邊囉！」

伍澥在那一行字旁邊打了個記號，目光繼續往下讀：「四號房的李將軍和李老太情況如何？」她發現四號房那兩格是空著的。

「沒有什麼狀況吧？我今早去巡房時，兩位老人家還在房裡鬥嘴，這一會兒可能跑到哪兒去納涼聊天了。」

她點了點頭將日誌本闔了起來，拉著對方閒聊了幾句：「嘉嘉呀，妳還記得那個廢棄的地鐵永春站嗎？」

「離這裡不是挺遠的那個捷運站？」嘉嘉點了點頭。

「我剛才經過的時候，那一座空穴來風的雕塑竟然被拆掉了，就連原本的那片廣場也突然變得雜草叢生……實在太詭異了！」

嘉嘉愣了兩秒：「什麼是空穴來風呀？那邊哪有什麼雕塑？」

「就是知名雕塑家聶亞的裝置藝術呀！妳怎麼會不知道？」伍瀞一副不容置疑的表情。

「小萌，永春站前面有廣場或什麼空穴來風的雕塑嗎？」嘉嘉回過頭詢問櫃台內的另一位社工。

小萌的眼珠子轉了兩圈：「沒有吧？妳說的是哪個出口？我從小就住在永春公寓附近，從來就沒有見過什麼景觀雕塑呀？」

伍瀞的雙眼越睜越大，吞吞吐吐地回答：「可是……我前幾天經過時，空穴來風真的還在那裡呀！」

「妳記錯了吧？吼～初老症狀出現了喔！」

「才不是呢！啊，我有證據啦！」

她忽然想起，皮夾內應該有一張中學時在空穴來風前的自拍照，馬上從手袋中掏出了一只斑駁的粉紅色皮夾，在幾個夾層中翻來找去了半晌，才終於抽出一張有點皺摺的護貝相片，得意洋洋地喊著：「妳們看，這個就是空穴來風呀！」伍瀞將相片遞給嘉嘉和小萌後，自己也順勢盯著那方小格子。

兩位女孩低著頭端詳了幾秒，緩緩抬起頭表情狐疑地看著她。就連伍澥自己也頓時臉色發白：「怎麼會這樣……」

畫面中的她，確實穿著國中女生的水兵襯衫與格子裙制服，拍照時的姿勢與比著V的雙手也和印象中如出一轍。可是，背後的場景卻不是空穴來風的雕塑，而是那座早已停止營業的美麗華摩天輪！

嘉嘉拍了拍她的肩膀：「妳不要窮緊張了吧，其實我也有類似的經驗呀！妳們記得過往還有總統的那個年代，我記憶中曾經有過一位姓歐陽的總統，小時候老爸帶我參加過對方的當選之夜，我還非常確定我們和那位總統拍過幾張合照。

結果，有一次我和老爸聊起那檔事，他竟然完全沒有任何印象，斬釘截鐵告訴我……根本就沒有什麼姓歐陽的人當過總統！就連我媽也說沒那回事。我後來翻箱倒櫃找到了好幾本家庭相簿，還真的沒見到那幾張印象中的當選之夜合照，妳們說玄不玄？」

「啊，會不會是被集體消失的記憶？我記得以前有網路的時代PTT上常有人提過，應該是叫什麼『曼德拉效應』吧？」小萌喊了出來。

「曼德拉效應？」

「妳們還記得上個世紀南非有一位叫納爾遜・曼德拉的反種族隔離革命家嗎？」

「小時候歷史課有學過呀！他被南非政府以密謀推翻罪前後監禁了二十多年，後來還成為南非總統和聯合國教科文組織的親善大使。」伍瀞回答。

嘉嘉愣了一下：「小瀞，妳以前是資優班的嗎？連那麼遙遠的歷史課文都還記得！」

小萌繼續道：「對啦對啦，就是那個曼德拉！當年有一名美國的部落客貼文提到，她印象中曾經讀過曼德拉於一九八〇年代病死在獄中的頭條，當時電視新聞還大肆報導過，可是多年後曼德拉卻奇蹟式地重現人間，還當選了南非的總統？事實上，他直到二〇一三年才因腎臟感染而過世，整整比那位部落客記憶中的死訊多活了三十多年。」

「恐怖，難不成……他是喪屍總統呀！」嘉嘉表情誇張搓了搓手臂上的雞皮疙瘩。

「總之，那一則貼文在網路上流傳後，全球許多網友也信誓旦旦自己有相同的記憶，甚至還指證歷歷當年新聞的標題或內容，可是那些人大費周章搜尋報社的歷史剪報，卻完全沒有報導曼德拉病死獄中的任何蛛絲馬跡！

許多專家認為那只是大腦被外在人事物啟發後，而自行創造出來的偽記憶。但是，也有學者認為那可能是人類生命運作背後的奧秘，某種集體記憶消失或刪除執行不完全，導致有部分人仍然記得其他人覺得根本不存在的事件。這種現象才被稱為——曼德拉效應。」

「怎麼會有這種事？可是……我清清楚楚記得那一座雕塑上，每一張喜怒哀樂的臉孔與背景肌理紋路的細節。」伍瀞的目光遲疑，喃喃自語著。

嘉嘉推了她一把：「唉喲，不要想那麼多了啦！我還不是記得歐陽總統的當選晚會，那種舉國歡騰、旗海飄揚、鑼鼓喧天的場面！管他是什麼歐陽總統或南非總統……妳煩惱那種事情，不如去煩惱太陽耀斑到底什麼時候會毀滅掉我們！」

此話一出，原本還苦中作樂的三個人，頓時沉默了下來。沒錯，他們目前的處境根本就像無預警將會被槍決的死刑犯，還有什麼更駭人聽聞的都市傳說，能比自己的肉身隨時會化為灰燼更令人恐慌？

第二章　耀斑

伍湃與嘉嘉交班後，就依照日誌上的提點忙進忙出，還和幾位社工打理了當日表定的一些瑣事，折騰了四個多小時後才終於回到櫃台內休息片刻。她趁著即將入夜的值班空檔，抽出了手袋中的一本筆記本，繼續寫著昨晚未完的信件。

「……他們說，耀斑大小有稍微縮小的傾向，可是炎熱的氣溫並沒有降低，凌晨時分的溫度有時仍是攝氏五十多度。昨晚夜空隱約透著一種橘紅色的光芒，我本來還以為是閃焰即將來襲了，可是許多人都說那是紅色的極光，因為耀斑的活躍而影響地球的電離層產生了異變，才會出現那種燦爛奪目的極光。

台北竟然可以看到極光了，你能夠想像嗎？

圓之內的生活還好吧？聽說你們的方位和我們上下顛倒，是嗎？是否像蝙蝠倒吊在岩壁那般？難道這裡和那裡的萬有引力定律不相同？雖然，我與你之間隔著一道弧形的地平線，我站在弧線的外圈；你站在弧線的內圈，至少我們仍然踩在同一條線上。

我時常低著頭凝視著自己的雙腳，想像著你我的足跡是否正踏在圓內與圓外的同一個對應點？因為，我彷彿能夠感受到你心跳的脈動，透過血脈傳到了你的腳掌，從趾間穿透了地殼與地幔，傳達到我的腳掌、我的指尖、我的心臟……」

晚上八點的限電時間一到，重劃區內也隨之陷入一片黑暗，通常要等到清晨六點才會恢復供電。伍瀞點起櫃台上的幾根蠟燭，窗外不時吹進一陣陣乾熱的夜風，將燭火吹得晃動不止。她低下頭繼續寫著信，雖然還不太確定這封信到底能以什麼形式傳遞到圓之內，但是也只能先透過紙與筆，不斷將自己生活上的瑣事與感受寫出來，也或許只有書寫才能帶給她內心深處的惶恐些許平靜。

她早聽聞當年網路世代的一些前駭客聯盟，偵測到幾個未被電磁脈衝摧毀的人造衛星，已經能夠使用大氣層上微弱的衛星網路，發送一些簡單的文字訊息與影像到地殼底下。或許有一天，她也能夠透過那種方式聯絡到智晏。

伍瀞與丁智晏是在大戰前兩年認識，當時她還是個護專的新鮮人，他則是位來自加州學旅館管理的華裔美籍交換學生。當時伍瀞還覺得他奇怪，為什麼不是選擇瑞士或法國的大學當交換學生，畢竟在歐洲國家的五星級酒店實習，總比到觀光業越來越慘澹的台灣來的強吧？

智晏告訴她，他在國小六年級左右離開台灣移民美國，對於這片他出世的土地印象非常模糊，也非常想念小時候照顧過他的奶奶和姑姑，才會刻意選擇來台當交換學生與實習，方便與台北的親人重新團聚。

他們倆是在一次校際的聯誼活動上認識，當時許多女同學都對這位中文講得洋腔洋調的交換學生興趣頗高，智晏卻對長得不算太搶眼的伍瀞情有獨鍾，還想盡辦法主動走去跟她搭訕。

「妳笑起來好可愛喔……」他絞盡腦汁用生硬的中文擠出一些讚美女生的詞句：「妳的笑容很像我奶奶，我覺得好有親切感！」

伍瀞聽到前面那一句話時，內心原本還羞怯地竊喜著，卻發現自己其實是像某人的奶奶，整個臉差一點垮了下來，就連一旁的死黨們也頓時噗哧大笑。

「快把你的奶奶收回去，我才不要像你奶奶呢！」

她皺著眉不是挺開心地喊了出來，搞得智晏尷尬得手足無措，連聲為自己的詞不達意道歉，就是因為他那種傻勁令伍瀞留下了深刻印象。之後，同班的姊妹淘也拉著她玩Double Date，還刻意將智晏和她配對成一組，調侃她這位奶奶終歸要和「假老外」孫子聯絡一下感情嘛！

就那樣，這兩位來自太平洋兩端的男女，人生絕對不可能有交集的兩條平行線，漸漸地偏離了自己日常的軌道，不小心交錯在對方的那條直線上，糾結出一段難捨難分的交叉點。

智晏曾經告訴她，每個人出世時只是一個半圓，終其一生尋找著自己另一半的圓。我們就像在一大片散滿成千上萬半圓石塊的沙岸上，一路漫步一路拼湊著與自己完全契合的那一半。在朝花夕拾的過程中，或許會遇上許多完全不相合的個體，直到尋獲那一片與自己契合的半圓，能夠完美與自己結合的人，人生河岸上的流浪與尋覓才終將安定下來。

「小瀞，我很慶幸，妳在岸邊將我拾了起來……」他表情認真地凝視著伍瀞。

她聽完那個故事內心的確非常感動，卻低下頭俏皮地回答：「我參加過許多海灘淨空的環保活動啦，所以當然很會撿垃圾呀！」

伍瀞深知就算毫無保留地去愛，明年中旬智晏的交換學生與實習期限到了，仍是會回到遙遠的加州。儘管他信誓旦旦承諾，畢業之後就會回到台灣尋找工作，伍瀞卻還是保留態度靜觀其變。只不過，愛情是一株令人沉醉的花樹，當我們窺探著一朵朵神祕與繽紛的花卉時，其實早已在它的香氣之中不知不覺墜入甜蜜的夢境。

智晏在台灣實習的期間，總喜歡在周末假日騎著腳踏車，載著伍瀞走在那一條怎麼也走不完的堤岸邊，樹林裡傳來流轉不絕的蟬鳴，海岸邊充滿嘻鬧的孩童聲。她側身在後座，雙手緊緊環抱著他的腰，空氣中洋溢著他身上淡淡的刮鬍水味，夏日的微風吹掠過他的襯衫，也穿進了她飛揚的髮絲裡，將兩人的笑聲吹送到無盡的長空裡。

他們總喜歡停在那座開滿野薑花的橋邊，欣賞著白色的花瓣飄零在潺潺的淡水河支流，有些還在水渦裡打著轉不願離去，有些則隨波逐流開始了它們的旅程。

伍瀞坐在河邊看著流逝的波光粼粼，輕輕的用腳尖打亂了水渦裡旋轉的花瓣，然後感傷地說：「你看，散的散、走的走……任何事物好像總沒有永遠的美好！哪天畢業後，那些曾經知心的同學可能也會一瞬間消失了。」

智晏只是靜靜地看著她那清澈靈秀的雙眸：「妳還有我呀，我才不會像她們那樣突然就消失掉，還會永遠守護在你身旁。」

「永遠？我不相信永遠那回事，再說你很快就要回美國參加畢業典禮，怎麼可能永遠守護在我身旁？」

「那……我在加州每天都和妳視訊，而且每天都寫一封Email給妳，只要看到信就像見到我一樣，好嗎？」

「哇，你想把我的郵箱塞爆呀？那你可要先幫我申請個容量大的付費郵箱，才能回美國喔！」

回憶中的她燦爛地笑著，用力地踢著腳邊的河水，濺起了一陣陣飛白的水花，他們的笑聲如風鈴般飄揚在仲夏的午后。智晏一直以為伍澥和他是活在同一個世界裡，可以無憂無慮享受單純的年少青春，但是在他們交往半年多後，他才逐漸發現伍澥活潑開朗的面具下，卻埋藏著一段不愉快的童年。

伍澥的攝影師父親在她八歲那年，就跟一名接外拍的小模跑了，丟下了高中時代就認識的妻子，以及年幼的女兒不顧！她的母親只能靠著直銷才將她拉拔大。伍澥就在一方堆滿各種稀奇古怪直銷商品的小公寓中長大，課餘時還需要幫忙母親寫單、打包、送貨或跑郵局。

有時候，她也會陪著母親到附近的夜市擺攤，在街坊鄰居前用大聲公拉著嗓門，叫賣著那些她根本沒用過的產品，招來一堆貪小便宜的三姑六婆們挑三揀四，偶爾還會有幾位熟識的歐巴桑，不經意提起她那個不知去向的父親，然後露出一種令她非常厭惡的同情眼光。

也許，那樣的家庭背景，造就了伍瀞曾經不相信愛情，不信任智晏口中的那個永遠。

每當智晏試圖和她溝通時，伍瀞總會低頭斜睨著：「我並沒有說我不相信愛情、不信任永遠，而是不相信永遠與愛情可以同時並存。」

她坐在河岸邊抬起頭望著遠方：「你想想看，當兩個人的其中一個消失後，就已經不再有所謂的愛情了呀！不管離開的那個人是死了、還是逃了，留下來的人就已經不再擁有愛情了，難道你聽過只有一個人也能戀愛嗎？」

「妳說的也許沒有錯，但是我相信有時候愛情並不一定需要藉由兩個人的廝守，來證明它真實地存在過，它其實可以強烈地活在一個人的……這裡。」

智晏的中文雖然說得吞吞吐吐，右手卻捂在自己的心口上，眼神堅定的看著她。

「你是說就像我老媽那樣？還可以無知地對我老爸抱著希望？將感情永遠鎖在自己的心頭，痴痴地等待著上蒼降臨奇蹟？那就是愛情嗎？那根本就是一種自虐、自囚的行徑！」

伍瀞蹙著眉，任性的臉龐閃過一絲脆弱，視線像是越過智晏的肩頭，沒有焦點地落在他身後的野薑花叢裡。然後，雙眼頓時蒙上一層霧刷下了豆大的淚珠，她卻動也不動地靜止在那裡，任由淚痕劃滿了臉頰。

智晏頓時手足無措，心頭彷彿被千刀萬剮般痛著，用力地將她摟在懷裡，自責地喃著：「對不起！對不起！小瀞，我們不說了、不說了……都是我的錯！妳不要哭了……好嗎？妳再哭下去我的心都要碎了……」

她只是直挺挺地站在那裡，連頭也不願埋進他的胸前。智晏輕輕地托起她的下巴，溫柔的看著眼前雙眼迷濛的淚娃，憐惜地為她吻去了滿臉的淚痕。

時間像靜止般寧靜，潺潺流過石間的溪水聲；偶爾飄落的野薑花瓣，彷彿都凝結在他們身後。也許，他們無法永遠擁住對方，但是那一段凝結的時間與空間，早已永遠植入在他們的腦海中。

第三次世界大戰前夕，毫不知情的智晏結束了台灣的實習，滿心歡喜回到了加州等待畢業典禮，還計畫只要領到文憑後就會重返台灣，在台北的餐飲業謀得一份工作安定下來，永遠陪在他心愛的伍瀞身畔！

只不過事與願違，就在他返抵美國的第二個月，爭奪地幔移民國資格的大戰，無預警在全世界啟動了。

全球七大洲分裂為五大戰區，除了少數國與國之間發動了小規模的傳統戰爭，許多國家早已進入以微型無人機入侵他國，瓦解對方的戰力、科技與電動武器，並且癱瘓能源、電力與網路系統的電子戰爭。

五個多月後，最終的戰勝國一一崛起，並且取得優先移民國資格。美國一如過往擠身於戰勝國之中，智晏在海外通聯截斷與限制出入境的關鍵時刻，被迫隨著家族成員轉移至地幔空間位於極地的其中一個入口，就連與伍瀞通話道別的機會也沒有……

走廊的燭火突然被一陣熱風吹得鬼影幢幢，坐在櫃台內的伍瀞突然抬起頭，屏氣凝神凝望著光影暈黃的走廊盡頭。她剛才低著頭寫信時，眼角彷彿瞥見了什麼東西一閃而過，感覺上有一道黑影迅速從走廊跳出窗外。她檢查了一下櫃台上兩盞燭台的玻璃罩，懷疑是否玻璃面上有什麼蜘蛛或蚊子，影子被放大投影在昏暗的走廊牆面？

伍瀞闔起了筆記本、拉上了筆袋將它們放回手袋內，隨之抓起了一盞燭台躡手躡腳走出了櫃台。她好像聽到什麼微弱的說話聲，難道是有虛弱的老人家在喊她？此時，又再度聽到有人顫抖地語息，更肯定是走廊內傳來的聲音，模糊的聲線彷彿正喊著她的名字。

「小瀞！小瀞！」

這會兒伍瀞更肯定有人在喊她！是小萌？她剛剛才離開櫃台去進行宵禁時間的第一次巡房，確認每一位老人家是不是都已經回到自己的房間，沒有在黑暗的樓房之中逗留。伍瀞加快了腳步跑向走廊，推開了盡頭的防火門朝裡面端詳，只見小萌站在樓梯之間的轉角，全身緊緊貼在牆上，動也不敢動地僵在那裡。

伍瀞衝了下去，緊緊握住她的手：「怎麼回事？」

「地下室有動靜……我剛才巡房時在房間內沒看到李將軍和李老太，找了幾分鐘後聽到地下室的育樂室有奇怪的聲音，我就推了門走進來……頭頂上突然有一個黑影閃了出去……」小萌的語氣越說越顫抖。

「黑影？」

「對……看起來就像一頭很大……很大的野獸……趴在天花板上……然後竄了出去……」

「好，沒事沒事，我陪妳到樓下去找他們。」伍瀞的心臟雖然也跳得七上八下，仍鼓起勇氣將燭台高高地舉起來，牽著小萌的手朝下樓的階梯走著。

當他們推開進入地下室的防火門後，原本一片漆黑的空間霎時被她們的燭火給打亮了。伍瀞和小萌的手心同時冒著汗，站在地下室中央轉著身子和火光緩緩地環視著，偌大的育樂室一如過往充滿了霉味，六張簡陋的長桌和十多把折疊椅散置在室內，有幾張桌面上還留著沒有收拾的撲克牌與象棋盤。

突然，伍瀞將高舉的燭光停在最深處的那個角落，那裡看起來好像堆著一堆不知名的物體，她不記得那個角落有囤放過什麼？她拉了拉退卻不前的小萌往那個方向走，她們越走越近那個物體的形象也越來越清楚。當她還在思索眼前的景象是不是錯覺時，身後的小萌早已驚聲尖叫了出來！

那是兩具老人家的遺體交疊著被堆在角落……

「是……是……李將軍和……李老太！」

那一幕猶如人間地獄的恐怖景象，早已嚇得伍瀞和小萌緊緊抱在一起，根本顧不得手中明明滅滅的燭火，馬上就轉身衝出了育樂室在樓梯間狂奔著，她們止不住的尖叫聲迴盪在連棟式建築物的長廊，也劃破了原本昏暗與寧靜的廢棄科學園區。

第三章　重現

新北市，木柵力行社區。

黃昏六點多了，鮮黃的烈陽卻仍掛在紅橙的台北天際線，刺眼的光線撒在殘垣斷壁的樓廈之間，炙熱的空氣蒸得龜裂地面上也冒著搖晃地虛影。聽說今天的氣溫是攝氏五十八度，可是體感溫度卻讓人覺得已經超過六十多度了。

譚昕一手頂著一張廢棄水果箱的瓦楞紙，另一隻手則提著那只破舊的真皮公事包，在瓦楞紙陰影下低著頭雙眼無神地走著，蒙塵的老皮鞋踩在差不多快融化的柏油路上，不時發出細微地吱喳聲。他早已不再是大戰前那份暢銷雜誌的總監，如今只不過是戰後重劃區地下自救電台的撰稿員，與許多被遺棄在圓之外的人們相同，以義務工作換取些許餬口的糧食補給品。

他瞇著被鹹澀汗水劃過的雙眼，正大步走過一幢老式的雙拼公寓樓時，眼角隱約瞥見兩、三名孩童站在騎樓內聊著天。譚昕並沒有多看一眼，只是形色匆匆地繼續往前走。

「喂！」身後突然傳來其中一位小女孩的呼喊聲。

對方跑了過來，口中仍朝他大聲喊著：「等等我呀！」

譚昕回過頭四下張望了幾秒，還以為她是在喊其他人。不過，小女孩卻踉蹌地跑向他，眼睛還直勾勾地望著他：「你走太快了啦！慢一點呀！」

他頓時傻眼完全搞不清是什麼狀況，還有點疑惑地問道：「妳是在叫我？我們認識嗎？」

小女孩對他的問話置之不理，一走上前就握住他拎著公事包的那隻手腕，還帶著撒嬌的童音喃著：「人家在安親班等你很久了耶。」

「小妹妹……妳認錯人了吧？」

「把拔最愛開玩笑了，每次都這樣！」她充耳不聞，還自在地抓著他的手腕前後搖晃著。

譚昕側著臉仔細端詳著小女孩，她看起來大概只有八、九歲，頭上戴著一頂戰後自救隊發送的黑色寬邊遮陽帽，帽簷下蜜糖色的頭髮綁成了雙馬尾，長長的睫毛機靈地顫動著，竟然令他聯想起自己的妻子巧慧，獨特的圓潤耳珠子也與他的耳形十分相像！

他彷彿真的在小女孩身上看到了自己與巧慧的影子，可是那又怎麼可能？他和妻子根本就沒有生過小孩！巧慧甚至對懷孕或帶小孩充滿了排斥感。那麼這個小女孩又是誰？為什麼一副和他很熱絡的樣子？她絕對不可能是自己的女兒，肯定是什麼騙局或仙人跳！

譚昕假裝要用手臂抹去額頭上的汗珠，順勢輕輕甩開了小女孩的手，旋即環顧了周遭是否有任何可疑的陌生人，深怕下一秒鐘就會有人跳出來，指控他誘拐年幼的女童！

小女孩也不以為意，鬆開手後就在譚昕回家路上的景美溪堤岸，自顧自地踏著單腳或雙腳的跳房子步伐往前走，長長的溪岸邊也幾乎沒有任何可疑人物。小女孩走在他前面幾步，彷彿完全清楚譚昕回家的路線，在滿目瘡痍的舊巷子內轉了幾個彎後，就直接衝進巧慧父母留給他們的那一棟透天厝！

他追在後面想要阻止那名奇怪的小女孩，可是才跑進一樓的鐵捲門內，卻看到巧慧親暱地抱了抱小女孩，將她的公發遮陽帽摘了下來，還用手理了理她的瀏海與雙馬尾，宛若根本就認識這一名陌生的女童。她還故作神祕地向巧慧咬著耳朵，一大一小不約而同發出了一串銅鈴般的格格笑聲。

譚昕莫名其妙地看著她們：「巧慧，妳認識她？」

「不要鬧了！」她們倆幾乎是異口同聲地嚷了出來，還憋著笑、睜著如出一轍的清澈眸子。

巧慧拎著小女孩的手提袋和遮陽帽，轉過身收到一旁的壁櫃內：「這種記憶喪失的老哏再玩下去，就不好笑了！」然後回過頭朝著沙發上的小女孩說：「譚晴，妳先去洗手，馬麻已經煮好晚飯了喔！」

「譚晴……」

他在心中默默地喃著，難道他真的記憶喪失了？為什麼完全不記得自己有這麼個女兒？還是他已經瘋掉了？眼前的一切只是他的幻覺？自從他下了「那個決定」後，可能就已經瘋了！

譚昕衝進浴室關上了門，從蓄水的浴缸中舀起一瓢有點濁的水，在洗手台上不斷拍濕自己的臉。他抬起頭雙眼睜得老大，凝視著洗手台上布滿水鏽斑漬的鏡子，鏡中的那張臉孔滿面愁容，憔悴與浮腫的黑眼圈中，鑲著一雙不斷閃動的瞳孔，兩道法令紋也深刻地劃至下垂的嘴角兩側。

那的確是他的臉孔，也確定自己還苟活於世。

當譚昕上完洗手間、換回家居服後，巧慧和那位「女兒」已經用完餐了。他端坐在餐桌前，雙眼迷惘地望著她們，巧慧半蹲在客廳茶几旁，檢查著譚晴寫的數學作業，還面帶微笑耐心地解說著如何計算距離。

「公園的道路旁共有五十六盞路燈，假如每一盞路燈間隔五十五公尺，那麼這一條道路應該有多長？」巧慧重複唸著那個問題：「妳覺得這一題應該是乘法？還是除法？」

譚晴搔了搔頭：「五十五公尺很遠吧？為什麼公園裡的路燈距離那麼遠？而且晚上的宵禁時間一到就沒電了呀，為什麼還需要裝路燈？」

「這只是打個比方而已，不然妳將它們改成小樹好了！」

「我們那天去公園時，許多小樹不是都已經被曬死……成了枯樹幹？我還是將它們改成枯樹吧。」譚晴嘟噥著。

巧慧苦笑，不經意望向丈夫：「咦？你怎麼還盯著我們看？快吃飯呀！」

「爹地肯定是發現媽咪今天特別漂亮吧！」譚晴俏皮地揚了揚眉。

「小鬼頭，快做功課！一聊起天妳的精神就來了。」

「那一盤波羅咕咾肉很下飯的，冷了就不好吃了喔。」

譚昕含糊地應了一聲，低下頭夾起了一塊用腐皮油炸成的假豬肉球，盤內還有幾塊少得可憐的罐頭鳳梨片。在這種天乾物燥的高溫下，農地早已成了寸草不生的龜裂旱地，僅剩的所謂蔬果全是戰前儲備的罐頭食品。過往養尊處優的巧慧，憑著父母過世前留下的一些家當，能夠以物易物換到這些物以稀為貴的水果或蔬菜罐頭，也算比許多戰後家庭幸運許多了。

他扒了一口混著酸甜蜜汁的白飯，目光不經意又停留在妻子與女兒身上，腦中不斷問著自己——

為什麼會這樣？

到底發生了什麼事？

他與巧慧從大學時代就是中文系的系對，在他們熱戀時巧慧欲擒故縱的伎倆下，兩人畢業沒多久就糊里糊塗步入了結婚禮堂。巧慧當時的話語如今猶在耳際——你擔心什麼？反正婚禮的錢全都是我爸媽出，你或你家完全不需要支付任何費用……

假如，譚昕當初並沒有走錯那一步，或許就不會有巧慧日後對他的頤指氣使吧？她只要一發起大小姐脾氣時，總會將她父母送給小倆口的家電、家具或首飾，一件件如數家珍地數出來，彷彿丈夫對那個家根本沒有任何貢獻。

她曾經三番兩次催促譚昕去辦理美國移民，透過他在洛杉磯的姐姐申請三等親依親，只為了圓她心中的那個美國夢。小倆口還曾為了要離開台灣，到人生地不熟的異國從頭再來，吵過無數次架。

巧慧總是嘲諷地說：「你在台灣根本連個頭都還沒起，還窮操心到了美國要從頭再來？」直到他在那間國際知名的暢銷雜誌社，獲得發行人的賞識一路平步青雲後，他們倆的移民計畫才一再地往後推遲。儘管耐不住性子的巧慧百般不願意，卻也找不出任何理由要丈夫放棄當時的薪俸與頭銜。

只不過，當全球各地的大小諸國，為了逃離太陽耀斑奧菲斯之眼即將造成的災難，開始爭奪「內星人」所釋出到地殼底下避難的席次，第三次世界大戰就那麼無預警地來臨。內星人，也就是世人口中那些曾經莫名消失的高智慧古老民族，自古以來早有先見之明移居於地殼下的地幔空間。他們曾經透過各種管道默默地守護，這一顆即將被地表人類污染毀滅的美麗星球，最終卻敵不過奧菲斯之眼迅雷不及掩耳的末日現世。

那些內星人肯定沒有料到，他們那種看似神聖的遴選之舉，善意釋出解救地表生靈的決定，卻引發了一場場階級爭鬥、種族分裂、權力操控與人性醜惡的求生大戰。曾經處心積慮爭奪移居權，進入地幔空間避難的人類，就像由外到裡蠶食蘋果的蛆。有一天，或許也會帶著污染地表的劣根性，故態復萌澈底破壞了地殼下的地幔空間。

打從第三次世界大戰起，直到我們被宣布淪為戰敗國之後，巧慧早已陷入肆言如狂的失控狀態！就在她的父母接連病逝後，更成了對戰後生活狂轟濫炸的瘋婆子，將如今那種分分秒秒在等死的處境，全部歸咎於譚昕當初的裹足不前，錯過了成為戰勝國公民的機會，淪為被滯留在圓之外無人聞問的遺棄者。

她曾經語無倫次地哭喊著：「你知道……我有多麼害怕，多麼害怕嗎？這種下一秒鐘就可能化為灰燼的煎熬……我根本無法視而不見地活下去！更無法像你那樣每天若無其事的過日子……」

譚昕完全不知該如何回答，只是一如既往眼睜睜地看著發狂的她。

突然，她的目光彷彿射出一股寒光，表情猙獰地撲向了他，十根指頭揪住了譚昕的領口，不斷地使勁搖晃著。

「都是你！都是你的錯！全都是你當初對我的話充耳不聞！假如你聽我的話去申請依親，我們就不會……淪為這種日日等死的難民了！看看你姊姊和大伯兩家子，現在早就在圓之內高枕無憂……狠心地將我們拋棄在這裡！」

巧慧尖銳的十根指甲用力地掐在他的脖子上，發瘋似地嘶喊著：「我恨你……我恨你！你乾脆一把就將我掐死算了！好讓我不需要在這種人間煉獄，日夜恐懼著何時會被燒死！你不如就讓我早點去見我爸媽算了！要不然我會永遠恨你……恨死你這個自私鬼！」

譚昕被她突如其來的瘋狂舉動掐得完全喘不過氣，尖銳的指甲穿破了他頸子上的皮肉，滲出了一道道溫熱的鮮血。就在他被掐得眼冒金星即將窒息之際，腦中突然閃過了一個念頭——

成全她！成全她吧！就讓巧慧先死！這樣就不需要跟著他，繼續活在日日恐懼的陰影之中！

他吃力地舉起雙手，將手掌的虎口用力勒在她爆著青筋的脖子上，她的頸是那般的纖細，脆弱得彷彿一束柔嫩的鬱金香花莖，完全圈在他手掌的虎口之間。譚昕的雙眼布滿血絲凝視著巧慧，然後鼓起了拇指用力按在她的咽頭處，充滿骨節的十根指頭不斷地加壓、加壓……

直到巧慧的兩眼發直，雙手頓時從他的脖子上鬆開後，整個人就那麼垂軟在譚昕的虎口之間，動也不動了。

他暈頭轉向地爬了起來，回過神後不斷地呼喊著她的名字、不停地搖晃著她柔軟的身軀。然而，巧慧的生命真的就那麼被他終結了，結束了她所唾棄的那種如螻蟻般卑微的生命。

他衝到廚房從抽屜中胡亂抓起了一把尖銳的魚刀後，跑回巧慧的身旁跪倒在地上，痛苦地嘶吼著將魚刀抵在自己手腕上。大約有半分鐘，他的雙眼就那麼顫動地凝視著鋒利的刀刃，右手卻怎麼也不聽使喚地發著抖，更無法狠下心用力在自己的動脈上來回亂劃！

終於，他丟下了魚刀，趴倒在巧慧冰冷的身子上，放聲大哭了出來！內心還不斷責備自己，剛才為什麼不由她就那樣將自己掐死！他相信巧慧一定會比他更果決，在勒死他後就奮不顧身地跟著丈夫共赴黃泉！

他的確是巧慧口中那種裹足不前的懦夫！一切的錯都是他的懦弱所造成的！

就那樣，譚昕守在巧慧冰冷的屍體旁，跪坐了一天一夜。眼淚流了又乾、乾了又流，淚痕在他面頰上結成了一道道乾涸的川流，也將他的臉孔如蠶絲般一次次地結成了繭。

第二天，他趁著宵禁時間後的暗夜，將巧慧的遺體裝進了一口收納棉被用的布袋中，花布面上印染的圖案還是她生前最想去的「舊金山金門大橋」。他彎著腰扛起那一口布袋衝出了家門，深怕在黑夜中遇上巡邏的自救隊義工，只是頭也不回地往景美溪的堤岸方向狂奔！

他多麼希望布袋內的巧慧有一絲地掙扎，讓他停止內心的天人交戰，可是冰冷的她卻仍是動也不動，只有譚昕奔跑時屍身上下規律的擺動。淚珠再度從溫熱的眼眶刷下，帶著鹹味的液體劃過了他的嘴角，一股苦澀感流進了口中，緩緩沿著他的喉頭擴散著……

譚昕在水岸隱密的樹叢之間，用折疊式的圓鍬挖了近四十分鐘，才掘出一口足以容納布袋的土坑。他小心翼翼將布袋溫柔地放置到坑內，跪地合十口中唸唸有詞地祈禱著。最後，才含著淚將土一把一把填進坑內，情難自控地埋首倒在那一片土坑上，雙肩劇烈抽動地哭泣著。

離開前，譚昕從河畔搬了幾塊鵝卵石，在土坑掩埋處做了好幾個識別記號。

往後的兩日，他如行屍走肉般遊走於自家的透天厝，與戰後重劃區的地下自救電台之間，試圖抹平內心的悲痛與糾結，在同事面前佯裝得什麼都沒有發生過。他決定就這樣守住那麼祕密！反正，那個真相哪一天也會跟著他和這顆星球灰飛煙滅，至少巧慧再也不需活在這種明天是否將會被燒成灰燼的恐懼之下。

直到第三日，譚昕一個人回到本該是孤零零的透天厝後，卻發現廚房裡傳來一陣陣的吵雜聲，他馬上警覺地從牆角的高爾夫球袋內抓起一枝球桿，緩緩地朝著那個方向走去。當他看見廚房內的景象時霎時嚇了一大跳，流理台前的那個人也驚聲尖叫了出來！

「幹嘛嚇人呀！回來也不發出些聲音！你有毛病嗎？」

那是巧慧；已經死了好幾天的巧慧；被他埋在河岸樹林間的巧慧。如今卻活生生重現在家中，就如往常那般一副素顏朝天的模樣，圍著相同的花布圍裙在流理台前切菜，砧板上那種不熟練的菜刀聲，也與已經往生的她如出一轍！

譚昕雙眼睜得老大，就那樣杵在廚房門口良久，無法理解到底發生了什麼事？

巧慧轉身走到洗手台旁的水缸，舀了一瓢譚昕從溪畔挑回來的混濁溪水，一邊洗著幾只公發配給的馬鈴薯，一邊莫名其妙地瞄了他一眼：「幹嘛在那邊發傻？是沒見過本小姐素顏煮菜嗎？快去洗把臉、換套衣服，準備開飯囉！」

語畢，還走到譚昕跟前吻了他的臉龐一下：「你好臭！快去將髒衣服換掉啦！」

那並不是死人或鬼魂冰冷的嘴唇，而是充滿著體溫與香氣的一吻，味道與巧慧過往所散發出的那種沐浴乳香味一模一樣。

譚昕突然轉身狂奔出了家門，身後彷彿還聽到巧慧莫名其妙地喊著，都要開飯了還去哪裡？他只是頭也不回地朝著堤岸方向奔跑，在巷子裡左彎右拐後衝過了辛亥路，直奔水岸最深處的那一片隱密樹林。他數著一根根枯槁的樹幹，最後停在其中一根稍大的枝幹前，上面還布滿附近孩子用小刀刻出來的一堆塗鴉符號。

他確定掩埋巧慧的土坑就在這一棵大樹前，可是卻沒有找到那幾顆作記號的鵝卵石？最詭異的是，那一片黃土地上布滿了如乾旱般的龜裂土質，完全不像三天前才被他挖掘過的土堆，甚至也沒有任何掩埋過的微突痕跡。

譚昕跪了下來，十根指頭朝著他印象中的那個位置不斷地扒著，乾硬的土壤掰裂了他好幾片指甲還滲出了血，他卻還是死命地往下挖著。然而，他什麼都沒有挖到！沒有印著舊金山金門大橋的花布袋！沒有布袋中被他活活勒死的巧慧！

那晚，他明明親手掐死了巧慧！還將她掩埋在水岸隱密的樹林內！幾天後，她卻若無其事地出現在家中？彷彿那些爭執吵鬧與肢體衝突從未發生過？他撫著脖子上曾被巧慧掐出的一道道指痕，十道結痂的傷口仍腫脹發炎著，一碰上去還帶著點刺痛的灼熱感，讓他更確定那一晚的爭吵與衝突確確實實發生過！

可是，廚房裡那位長得和巧慧一模一樣的女子，到底是誰？他費盡千辛萬苦挖的那個土坑、那只花布袋內的巧慧，又到哪裡去了？

如今，竟然還憑空出現一名自稱是他們女兒的小女孩——譚晴？

第四章　合體

天空出奇的藍，海面上沒有一絲波紋，遙遠的天際線與海平線交會成一體，宛若置身於一座巨大的湛藍色滾筒內，令人分不清自己是站在空中或海水之中，直到踏上白色的星砂後才感受到那種沁涼濕潤的真實感。

郎威揚牽著六歲的雙胞胎兒子們沿著沙灘奔跑，海水緩緩地滑過他們的腳掌，又默默地沖刷掉腳趾上的白沙。他的妻子玉芬臉上掛滿燦爛的微笑，悠哉地跟在他們父子身後幾步之遙，晨間的陽光溫柔地撒在她身上，為她飛揚的髮絲與裙襬鑲上了一道金邊，順著她的肩線與手臂內緣透著一抹淡淡的背光。

大兒子郎一飛不知從哪兒拾到了一根枯樹枝，小小的身子踉踉蹌蹌地拖著樹枝，在潮濕的沙地上繞著郎威揚與玉芬奔跑著，畫出了一圈不是挺規則的圓弧線。

小兒子郎一翔也興奮地喊著：「把拔馬麻，你們站在正中央啦！要緊緊地抱在一起喔！」隨之拎起了掛在胸前的兒童相機，煞有其事地看著觀景窗拍了好幾張照片。

夫妻倆環視了地上的線條，才發現原來那是一顆畫得有點歪七扭八的心形！郎威揚摟著玉芬大笑了出來，還順手從褲袋掏出了手機：「小飛、小翔該你們了，我也幫你們和媽媽拍一張！」

他跨到心形線條外，手機朝著玉芬與雙胞胎兒子的方向調整著角度，確認著心形的圖案剛好框在手機鏡頭中。當他正準備按下螢幕上的快門時，卻突然刷來好幾道海水，霎時將那道心形線條抹平了！

他看著螢幕掃興地喊了出來，卻發現手機畫面上的光線越來越強。

郎威揚抬頭一看，就在他們母子三人的身後，太陽竟然如蕈狀雲般愈鼓愈大，不到半秒又如洩氣般快速收縮了回去，剎那之間好幾道橙紅的強光如波動般從天際線平鋪地刷了過來，陸地與海水被一種強大的力量抽離著，一瞬間天與地彷彿變成了真空狀態。

「快趴下！趴下！」

當他大聲朝著玉芬與兒子們嘶喊時，只見他們的身子卻如人形蠟燭般，一下子就在烈焰之中燃燒了起來，旋即如同飛揚的灰燼被抽向天外！他睜著無法置信的眼球，眼眶驚恐地劃下了淚水，四肢與軀幹也承受著一股被抽離、拉扯與肢解般的痛楚，口中卻仍然聲嘶力竭地哭喊著他們的名字。

突然，眼前的一切都化為黑暗，就連那種痛不欲生的感官也忽然消失了！耳際只傳來如戰鼓般的震動聲，一陣陣拍打在他的耳膜上。

漆黑中，他頓時掙脫了那種束縛感，如斷了線的鋼弦般彈坐了起來，撐著汗流浹背的身子環顧著四周，卻發現自己正躺在一張單人床上。那間五坪大的小套房內沒有一絲光線，只有窗外一輪皎潔的月光，淡淡地撒在隔壁樓違建的鐵皮屋頂上。

他終於回過神理清了自己的思緒，剛才所有的美好記憶與驚魂懾破，只不過是一場觸感真實的夢境。他的掌心甚至還殘留著玉芬的手溫，以及一飛與一翔如銀鈴般的嘻笑聲。

只是，他們從來不曾存在過！不，正確點說……是在他某一天起床後全都消失了，就像劇本中憑空被抽掉的角色。

他曾經發瘋似地尋找玉芬與雙胞胎兒子們，可是那幾支早已沒有通訊服務的手機中，和無法上網的舊電腦上，根本沒有他們母子三人的任何照片，不僅僅是在他身邊人間蒸發，更活生生從他的生命中被抹除了。

郎威揚身邊的親朋好友與部隊的同袍們，沒有任何人記得他有過妻兒，在旁人的口中他只是一名自願役的校級指揮官，是個從來就沒有交過女朋友的單身漢，更不記得他什麼時候結過婚？

他成了人們眼中另一名精神錯亂的前職業軍人，只因為地球的末日將屆、政府的蕩然無存、部隊的瓦解潰散、軍人們的流離失所……讓他們淪為言行詭異的喪家之犬。

那一陣如戰鼓般的砰砰聲又再度響起，原來是有人拍打著他的大門，門縫邊還傳來某位男子的輕聲細語：「指揮官，起床了呀！我是大補丸……戴保元啦！」

郎威揚迅速跳下床打開了木門，隔著鐵門的幾道縫隙端詳著黑暗的走廊，確認是大補丸後才讓他進屋。他轉身走回床鋪時還喃著：「我已經不是通資電軍的主管，你也不再是我的傳令了，以後就直呼名字吧！」

「指……喔？嗯……威揚哥？」大補丸喊得有點心虛：「戰後重劃區出事了，自救隊那邊要我們去看一下狀況。」

「這麼晚了還能發生什麼事情？」

「分屍……不，應該是縫屍案！」

「縫屍案？」

「在廢棄科學園區那間收容戰後孤兒與老人的慈善機構，發現了兩具被變態殺手縫在一起的老人家屍體！」

他的眉頭皺了一下：「這種事情不是應該要找自救隊，那幾個當過警察的人去處理嗎？怎麼會找上我們？」

大補丸支吾其詞：「那幾位前條子已經去了，之所以聯絡我們……是因為死者……是威揚哥也認識的人！」

「我認識的人？」郎威揚的心頭一震。

「是……李將軍！」

李將軍，他當然認識那位從早期「政工幹校」畢業後，被派到美軍心戰軍官班受過訓，並在康乃爾大學通訊工程研究所進修，返台後任職於國防部參謀本部的——李天應中將！他也是郎威揚曾在參謀本部電訊發展單位服務時的長官，更從李將軍那裡學到了許多日後受益良多的國外尖端通信與資訊科技知識。

雖然李將軍很早就退休了，可是這幾年來只要郎威揚一有空，就會去拜訪那位老長官，也因此和那一對中年喪子的老夫妻非常熟識。他曾經聽聞部隊同儕提及，經年思念愛子的李將軍在退休之後，就著魔似地尋求如何與另一個世界溝通的管道，走火入魔的程度令人聽得非常心酸。

郎威揚原本還以為他們只是透過靈媒、降靈或觀落陰之類的民俗儀式，想再度與陰間的兒子取得聯繫，療慰多年來陰陽兩隔的念子之情。直到他在三戰之前最後一次拜訪李將軍時，才得知這位退伍中將並非如外界所傳言的那般瘋狂。

而是，正以自身鑽研的通訊工程理論，開發某種充滿前瞻性的通訊模具！

凌晨兩點鐘。

郎威揚與大補丸騎著單車，一路揮汗如雨從公館騎到了戰後重劃區，抵達那一片廢棄的科學園區後，就在伍瀞的燭光引領下，走進了那一幢連棟式建築。當他們經過護理站時，小萌仍然一副驚魂未定的模樣，手足無措地窩在櫃台最深處的角落。

「小萌，妳也一齊來！」伍瀞喊了她一聲。

「可是……我剛才已經跟另外兩位自救隊的先生說明情況了呀……」

「不是啦，這兩位是李將軍和李老太的朋友。」

小萌嘟噥了一聲，畏畏縮縮地跟了上去。

他們在長廊上走了十多步後，小萌就停在其中一個房門前，指了指裡面：「我在宵禁時間第一次巡房時，發現李將軍和李老太還沒有回房，就馬上跑到中庭和幾個他們常逗留的地點尋找，可是並沒有見到他們夫婦倆的身影。」

郎威揚接過了伍瀞手中的燭火，走進了那間只有兩、三坪大的小房間內，內部的擺設簡潔得可憐，磨石子地板上只有一張破舊的雙人床墊和一只簡陋的矮長櫃。他無法想像那位留美的中將主任，曾經備受敬重的軍事通信工程翹楚，三戰後的晚年竟會是如此淒涼。只不過，在這種亂世末日之際，他自己的情況也好不到哪兒。

他彎下腰將燭火移至長櫃上的幾個相框前，上面全都是李將軍與妻子生前的老照片，以及一位年輕女子的獨照，有的是她戴著學士帽的畢業照、有的則是穿著北一女校服的彩色照片，也有幾張是他們三個人的合照。

「這一位女孩是……」他納悶地拿起了其中一只相框端詳著。

伍瀞和小萌相視半秒，不約而同答道：「是李將軍和李老太的獨生女呀？」

「是呀，威揚哥之前不是見過惠琳？她車禍去世後你還帶我去參加過告別式！當時李將軍和李老太真是哭得柔腸寸斷呀！」大補丸說。

郎威揚的表情頓時僵住，一種似曾相識的莫名恐懼油然而生，彷彿這幾個月許多不存在的記憶仍然繼續蔓延擴散著。不，他完全不記得李將軍有個叫惠琳的女兒，而且非常確定發生車禍的是他們的獨生子惠杰！難道他真的瘋了？就像人們口中那種承受不了軍事體制瓦解，頓時失去部隊生活重心，而失魂落魄的戰後創傷症候群妄想者？

他不動聲色，不想讓大補丸認為自己又發病了，緩緩放下了相框轉身離開那個小房間，口中還不經意詢問著一些無關緊要的問題：「妳們最後一次見到李將軍夫婦是什麼時候？」

「另一位同事交班時提到，早上巡房時還見到兩位老人家在房裡吵嘴，後來可能就到公共區域和其他長輩們聊天、下棋或打牌了吧？畢竟那也是這裡唯一能做的室內活動。」伍澼道。

「也就是說，妳們在案發前根本沒有見過兩位老人家。喔，這裡有幾個出入口，這幾天是否有可疑的人物進出過？」郎威揚本來還想問是否有監視器影像可調閱，可是想了想現在都什麼年頭了，怎麼還可能會使用那種耗電的電子器材。

伍澼和小萌想了幾秒後，搖了搖頭。

正當他們快要走到通往地下室的防火門時，靠近走廊盡頭的一扇房門內突兀地伸出了半張臉，眼神幽幽地盯著他們：「你們……不要再走下去了……這裡……鬧鬼呀！」

那是一名滿頭銀髮的老太婆，她布滿細紋的小臉上有著兩道深刻的法令紋，眼眸中透著恐懼與警戒的目光，十指還緊緊地扳在半開的木門邊緣。

「鬧鬼？老婆婆妳別嚇人呀……」大補丸睜大了眼，手掌不自覺撫著頸子後的雞皮疙瘩。

「是真的！我親眼見過那隻鬼，長得好恐怖呀……還會攀在天花板上偷窺我們！」

郎威揚挑了挑眉，眼神中閃過一抹職業軍人的正氣之色：「應該只是這種昏天暗地的環境，眼睛才會產生奇怪的錯覺啦，大嬸妳早一點休息吧！我們自救隊的人都在這裡，妳今晚可以安心睡一覺了。」

他推開通往地下室的防火門，一行人走下樓進入育樂室時，室內已經被好幾盞燭火打亮了，角落還蹲著兩位自救隊成員。

「老郎！你怎麼也來了？」其中一名中年男子轉過頭後喊了出來。

「嗯……聽說被害者是我以前的老長官。」郎威揚不經意回著話，目光卻落在角落那一堆血肉模糊的軀體上。

「你認識李天應中將？那太好了！剛好可以協助我們釐清兩位老人家的家世背景，或者是否曾與任何人有過糾紛或過節？」

回過頭說話的中年人是周國柱，前刑事警察大隊的偵查隊隊長，蹲在他身旁的則是另一名當過偵查專員的年輕男子林司齊。他們都是戰前曾在台北市警察局服務的警務人員，就在這座島嶼的國家體制瓦解、內政官員也人去樓空後，頓時成為不再有任何法律依據可執法的落難公僕。

許多前軍職或警務人員之所以會加入「戰後自救隊」，大多是不忍見到自己曾經保衛的這片土地，在動亂的世局下淪為人噬人的末世景象，而自發性地成為維護秩序的義工隊員。

周國柱將其中一具遺體的頭顱緩緩翻了過來，讓郎威揚能清楚看到男性死者的面容：「你確認一下這兩位是不是李天應中將和他的妻子？」語畢，又將另一名女性死者的臉龐轉了過來。

那兩顆頭顱就像斷了線的傀儡，很輕易地就被周國柱轉成了一百八十度，看來頸骨或許已經被硬生生掰斷了，只有皮肉和血淋淋的身軀相連著。

郎威揚強忍著內心的震驚與悲痛，神情鎮定地端詳著那兩張蒼白如紙的臉孔，霎時別過頭閉上眼點了點頭。他仰起頭使勁地深呼吸，不希望在內心倒流的淚水會瞬間奪眶而出。

大補丸接話幫他答道：「沒錯，是李將軍夫婦！」

一旁的伍潽和小萌早已嚇得手足無措，兩個人都退到育樂室的門邊了。

那兩具宛如被黏合在一起的老人家大體，裸著身從胸部到小腹緊緊地貼在一塊，上身的軀幹應該分別被開了膛，並且以粗線或細繩將兩人綻開的皮肉胸貼胸地縫合在一起。他們的頸骨的確被強大的外力所掰斷，頭部也突兀地扭到了反方向，各自望著自己的身軀後方。四條手臂與四條腿，更是誇張地朝外高高舉著！

「凶手為什麼如此殘忍，要將他們開腸剖肚又縫合在一起？」大補丸皺著眉頭雙手握拳。

周國柱一邊檢查著兩具大體上詭異的切痕，一邊問道：「李將軍和妻子沒有任何親人嗎？」

「沒有，唯一的獨生子……不，獨生女好幾年前就車禍身亡了。」郎威揚道。

林司齊側著臉看著周國柱：「我覺得這應該是熟識的人所為，這裡所收容的全是戰後無依的老人，幾乎都是沒有什麼貴重珠寶首飾的長者，並不太像是闖進來竊盜殺人的案子。」

「唉，這個年頭，大家都難保能不能看到明天的太陽……」周國柱頓了半秒：「想不透到底是有什麼深仇大恨，需要以如此殘忍的手法虐殺兩位老人家？大夥兒不都是遲早就要殊途同歸！」

郎威揚大致向他們說明了李將軍的軍職生涯，以及退休後的一些研究工作，不禁悲從中來感傷地嘆了一口氣。

「兩位老人家過往都有終身俸和退休金，本來也過著衣食無憂的養老生活，不過三戰後金融、票券、貨幣及銀行早已蕩然無存了，他們也跟普羅大眾的境況相同，資產跟著戰爭全都憑空蒸發。只是，我萬萬沒想到……兩佬竟然會淪落成這幅景象。」

周國柱取出工具箱中的鑷子與剪刀，將縫合兩具屍體的線體從傷口皮肉抽出了線頭，小心翼翼地剪下了一段樣本。他在燭光底下端倪良久：「實在看不出來是什麼材質呀？」

他順手將鑷子及線體遞給了林司齊，蹲在一旁的郎威揚也聚精會神盯著那一段線體。

郎威揚彷彿想到了什麼，頓時起身從旁邊拖來一張小桌子，還示意林司齊將線體放在桌面上。被剪下的線體長度約為七、八公分，直徑約莫比家用電線細些許，成色介於米白色與裸色之間。

那一段線體讓他想起剛入部隊當通信士官時，在下基地期間一些架設與接線的捻線技巧，因為野戰時並沒有任何電工專用膠帶，就必須以垂手可得的布料或植物纖維搓揉出包覆金屬線的絕緣體。

他將鑷子輕輕壓在線體中段，規律地前後推揉著，線體在反覆滾動下竟如捲紙般緩緩鬆開了，還慢慢延展為一小片充滿皺褶的半透明薄片！

「這是某種纖維或紡織物嗎？」大補丸問。

郎威揚用鑷子夾起那張小小的薄片，在燭光下仔細地端詳：「上面有毛細孔與細紋，看起來應該是某種動物的角質皮層。」

「的確非常類似『蛻皮動物』脫下來的皮質！」周國柱也湊了過來定睛觀察著。

大補丸附和地喃著：「咦？這麼說來還真像我每次曬傷時，撕下來的那種脫皮呀！」

「國柱，可以麻煩你透過自救隊的管道，將這一份樣本送去化驗？查清楚到底是屬於哪一種動物的皮質。」郎威揚道。

「沒問題，隊裡剛好有兩位當年和我合作過的前法醫和化驗師，我請他們協助驗屍也一併確認這種縫合屍體的皮質！」

郎威揚雙手交握在一起，杵在李將軍與李老太的遺體幾步之遙，閉著雙眼在心中默禱了半分鐘。假如，他戰後曾經多花些時間打探過李將軍的下落，或許就不會像現在這樣，對兩位老人家的遇害毫無頭緒。只不過，他自己的精神狀況也好不到哪裡，尤其是那些發生在他身上無法解釋的詭異事件，至今仍是知其然而不知其所以然。

他多麼希望自己只是在夢中，一場終歸會突然醒來的噩夢！

當他回過身時，伍瀞和小萌早已站在防火門的樓梯間內，兩位女孩背對著育樂室完全不敢往裡瞧一眼，只是有一搭沒一搭地竊竊私語。他和大補丸走向樓梯間正準備離開，擦身走過伍瀞的身畔時，她的喉間發出聲音彷彿有什麼話欲言又止。

「剛才陸婆婆說的那些話……是真的……」

「陸婆婆？」郎威揚愣了一下。

小萌也跟著搭腔：「就是說這裡鬧鬼的那位老婆婆！因為……我和伍瀞也見過那種髒東西！」

「髒東西？」郎威揚和大補丸交換了個眼神，不以為然地牽了一下嘴角。

「是真的！」伍瀞幾乎失控般喊了出來：「我在護理站的櫃檯內留守時，就瞥見走廊天花板上突然有一道巨大的黑影衝出窗外！當時還以為只是燭台的玻璃罩上，有什麼昆蟲一閃而過，影子才會投影到走廊上！

可是……當我聽到小萌的呼喊聲後，馬上衝進這個樓梯間時，她也說在推開防火門時，有一道黑影從樓梯間的天花板竄出鐵門，也就是我看見走廊上有黑影衝出窗外的時間點！小萌，妳快告訴他們！」她側過臉拉了拉小萌顫抖的右手。

小萌嚥了一口口水，嗓音霎時帶著點沙啞：「那那那……個黑影從我頭頂上方竄了出去，不……更像是本來就倒掛在天花板上的巨大蝙蝠或螃蟆，當我一推開門之後就伺機跳出了門外！」

郎威揚用右手掌撫著下巴的鬍渣子，問道：「所以，妳看到那一隻鬼或怪物長什麼樣子？」

小萌用力點了點頭：「儘管手中的燭台光線微弱，無法將整個天花板照亮，可是當那個巨大的黑影飛掠頭頂時……我清楚看到那個黑影就像個高壯的男性或女性，有很多隻腳或手臂……還伸著長腿一躍而出……就像螃蟆之類的怪物！」

她的目光不由自主瞄了瞄一樓防火門的天花板，頓時打了個冷顫，旋即轉身將臉埋在伍瀞的肩上。

「像人那麼大的……螃蟆？」

郎威揚朝著小萌端詳的方向望去，口中還重複著那一句話。

第五章　轉移

五月二十日午后兩點多，凱達格蘭大道，前總統府廣場。

兩年前早已更名為「三戰紀念場」的廢棄廣場前，擠滿了汗水淋漓的示威群眾，稀稀落落的人群從景福門延伸到外觀斑駁的前總統府外。攝氏近六十度的大熱天，自救隊的成員穿著反光背心，三三兩兩維持著秩序。現場的男性們大多穿著無袖汗衫或裸著上身，女性們則戴著各式各樣的大草帽與太陽眼鏡，或是以薄布長袍將全身上下遮得密不見光。

他們選擇在這個過往應該是舉國歡騰的日子，走上酷熱的台北街頭示威抗議，許多人手中舉著各式各樣的標語紙板，洋洋灑灑地寫著——

「抗議聯合國非人道遺棄」

「我們也是地球人也有生存權」

「唾棄落跑總統！落跑政府官員！」

「積極爭取圓之內城邦移民權」……

字字句句充滿了對第三次世界大戰不公不義的憤怒，與對戰勝國優先移民資格的怨恨。

因為，他們全都成了被遺棄在地表上等死的次等人類，日日心驚膽跳擔憂著巨大的太陽耀斑，與蠢蠢欲動的閃焰所造成的太陽風暴，會在下一秒就將自己燒得灰飛煙滅，化為宇宙中微不足道的塵埃。

然而，那一幢辰野金吾風格的磚紅色建築物，只是不為所動地豎立在人群前方。如今的總統府舊址，早已成為「戰後自救隊」的臨時駐地，那些失去三軍統帥與戰場的軍人、不再有律法可執行的警務人員們，自立自強組織了這支維護人民安全與秩序的自救隊。

那位曾經呼聲最高的鄧姓總統，在就職典禮演說時脫稿公開出櫃的新聞，曾經震撼了台灣所有的選民，有些衛道人士氣得咬牙切齒聲稱自己被騙了要「退票」，也有許多年輕族群樂觀其成。最重要的是，那一則新聞登上了國際版面，只因為他是全球第一位公開出櫃的男性總統，而登上了紐約時報的頭條與時代雜誌的封面，甚至被選為該年度的風雲人物，讓台灣在國際上曾經風光一時。

只不過，他充其量是個華而不實的末代總統。

就在他執政的第二年，奧菲斯之眼危機出現後，聯合國安全理事會的十五個時任理事國，投票決議地幔移民計畫全面啟動後！鄧總統曾信誓旦旦對全民發表了演說，將會統領三軍捍衛我們的主權，並且積極爭取圓之內移民國資格，讓小島上的子民們充滿了無限希望！

然而，幾個月後五大戰區的戰事迫在眉睫之際，他卻與幾位同僚官員突然人間蒸發！聽說他早已飛往某個逢戰必贏的西方強國，透過「特殊人才保護條款」的管道，神不知鬼不覺地歸化為該國公民，留下身後兩千三百多萬的台灣人民，頓時手足無措。

當時出身泰雅族的原住民副總統，旋即接任臨時總統與三軍統帥的重責大任，卻在群龍無首所造成的軍心潰散下，我們在亞洲諸國環伺的第四戰區中，接連遭受虎視眈眈的高科技強國一一擊潰網絡系統、能源通路、發電設施、軍事衛星及電磁武器。

僅僅一個多月，就被多個曾被視為是友好鄰邦的亞洲國家，完全癱瘓了自以為固若金湯的小島。最終，被排除於戰勝國與圓之內城邦之外……

廣場旁枯樹蔭下的乾黃草坪傳來一陣陣的歌聲，一群學生長相的年輕人正圍坐於一名吉他手身旁，他輕輕撥動著陳舊木吉他上的六條鋼弦，口中朗朗唱著一首旋律熟悉的英文歌曲，那是翻唱自唐・麥克林（Don McLean）在二戰結束後的一首經典老歌，聽在經歷過三戰的人們耳中，仍然帶著一股淡淡的末世悲涼感。

「……這將是我的死期，我們的死期將近！

你曾寫過《愛之書》這一首歌嗎？

那麼你對天上的父是否有所信念？

如果你相信聖經所言，

那麼你還會熱愛搖滾樂嗎？
對音樂的熱情，
是否能拯救你無法永生的靈魂……

那些年我們究竟學到了什麼？
你還記得嗎？音樂早已死亡了，
我們只能幽幽地唱著，
再見吧，美麗的過去！美麗的過去……」

藍玄智站在寶慶路上某棟大樓內，隔著落地窗眺望著遠處激動的示威群眾，有的聲嘶力竭喊著口號、有的不斷揮舞著手中的旗幟或標語牌，也有的只是滿面愁容隨著人潮如行屍走肉般移動著。他的內心不禁冷笑——

多麼愚蠢與無知呀？人類長久以來所自以為的假想敵，一向都是宗教、財富、膚色、種族與自身不同，或是任何條件異於自己的其他人類，才會衍生出過往層出不窮的校園、網路、族群，甚至是國與國之間的霸凌或爭戰。可是，那種互相狗咬狗踩著他人頭頂稱霸的行徑，最終卻敵不過被無情的大自然與浩瀚宇宙所反噬的慘劇。

人們站在那幾幢早已停止運作的國家機器前嘶聲吶喊著，彷彿以為仍會像過往那般引起報章媒體或政府官員的關切？只因為我們曾經習慣以那種方式宣洩心中對政局的不滿？而企圖再以那種聲勢博取任何人的注意？

他的耳際猶記三戰前，那一名十六歲的瑞典女孩在國際會議上大聲疾呼，字字句句抗議各國政府縱容大氣層、海洋和土地的生態環境遭受污染與破壞，導致氣候變遷令整個地球的升溫幅度比工業革命前更高。

許多國家的科學研究中心與氣象局，都曾在研究報告中指出，人類如果對氣候變遷的問題視而不見，預測在二一〇〇年時，全球熱浪的週期將更長、更密集，河流將會乾枯，南北極的冰川會完全消失。熱帶地區的傳染病範圍也將北移，海平面上升也將加速吞蝕海岸線與陸地，夏季森林大火更頻繁，土地終將沙漠化……

這一切對人類毀滅性的打擊，卻在奧菲斯之眼的耀斑成形後，加速降臨。

人類是一種奇怪的感官動物，在面臨浩劫可能即將到來的前夕，有些人始終不相信太陽耀斑的日冕拋射，怎麼可能將地表夷為平地？一些社運人士仍將焦點放在自己被「比較高級的人類」遺棄在圓之外，而發動了一場場毫無意義的遊行或示威，忿忿不平抗議自己成為日日等死的次等人類。

但是，這顆星球，再也沒有任何國際媒體或人權團體，聽得到他們無謂的抗議聲，也不再有任何國家的高官或世界組織在乎那些怒吼聲。聯合國、安理會、國際和平局、世界和平安理會，或是國際特赦組織……

早已從地球表面消失了，永遠離開我們！遺棄了我們！

就在這個小島淪為戰敗國之後，許多人也才恍然大悟，原來那幾個歐美高端國家的太空總署與祕密組織，除了曾經積極研究外星人、太空科技與地外文明，也早已和所謂的內星人取得了聯繫與協議！

那些幾世紀以前就陸續從地球消失的文明與民族；那些在幾百年前就擁有未知高科技的神祕族裔；那些我們曾經百思不解憑空蒸發的文明古國。原來，早已精準運算出奧菲斯之眼將會帶來的危機，方才在幾百年前就展開了世代徙遷，移居到了地殼包覆的地幔空間。

內星人，曾經利用各種管道警告過地表上無知的我們，從溫室效應、全球暖化、北極震盪，到十星連珠的強颱、颶風與海嘯，除了不間斷在世界各地的農場畫出「麥田圈」警世圖文的密碼，甚至在俄羅斯的葉卡捷琳堡隕石危機時，從地幔內派出了先進武器擊潰了那一顆足以讓陸地爆炸沉淪的隕石！

只是，人類從來沒有在乎過那些來自地底下的訊號！一如既往繼續破壞大自然的生態，你爭我奪殘害著異己、異邦、異黨或異教的人事物。那些幸運取得庇護權的人們並不代表更優秀或更高尚！而被摒除於地幔移民計畫之外，淪為在圓之外坐以待斃的難民們，只能自求多福尋找出拯救自己的管道！

藍玄智低下頭凝視著手中的一本冊子，那是他的物理學教授福滿壽博士，在退休前留給他的一本研究與實驗的手稿。假設，根據物理學家休．艾弗雷特（Hugh Everett III）的「疊加狀態」理論，真能以福滿壽博士所研發出的「異物質」來操控重力波，解決時空轉移的能量條件，就可以突破過往時間旅行的悖論問題了。

因為能夠駕馭無所不在的重力波後，就能以重力場去扭曲時空、扭曲多個蟲洞或蛀孔，那麼他們所建構多年的「物換星移」交換機台，將有可能把地表上面臨太陽耀斑威脅的難民們，先進行「橫向移動」的空間旅行，再進行「直向移動」的時間旅行，即可將他們轉移到多重宇宙中的其他地球，並穿梭於那個地球的時間軸上，逃過自身太陽系將會發生的這一場浩劫！

甚至在多重宇宙中選擇某一個地球，一個紐約沒有發生過九一一恐怖攻擊、台灣未曾遭受過九二一大地震、福島和車諾比也沒有發生過核災、天外隕石更不曾造成俄羅斯通古斯大爆炸，或太陽永遠不會出現奧菲斯之眼的那顆完美地球！

「藍學長，物換星移測試已準備就緒，就等待您這邊異物質釋出的密碼晶片了！」一名戴著黑框眼鏡的年輕男子，推開辦公室的門隔著縫隙說話。

藍玄智從落地窗邊回過身點了點頭，便隨著那一名叫田基的男子走了出去。

這一棟偌大的北寧科技大學附設研究中心，空蕩蕩的主樓如今只剩下他們這一組團隊，自從半年前福滿壽博士腦中風之後，這個實驗小組僅剩藍玄智帶領著田基、小葉和語菲三位學弟妹。幾位與博士長期合作的研究員，平均年齡大約只有三十上下，都不希望突發的意外而阻斷了博士畢生對異物質的研究心血，仍日以繼夜一次次進行他所託付的轉移實驗，不停地與時間賽跑著。

他們深知，如果福滿壽博士專研十多年的異物質，能夠透過那一座物換星移的交換機台發揮作用，那麼至少能在有限的時間內，營救地表上部分的人類遠離劫難！

藍玄智與田基抵達地下層後，走進了那間原本是活動中心的休閒場地。挑高兩層樓的空間約如體育館大小，地板上還殘留著模糊的球場白色框線，正中央則有一座約兩節貨櫃箱長寬的物體，不鏽鋼的板金材質在黑暗中透著冷冽的光芒，高約三米的密封容器只有前端有一個氣壓門，金屬門的正中央框著一口宛若太空船上的硼矽石英玻璃舷窗，窗內透出了些許微藍的燈光。

當他們走到這一座交換機台前，穿著白色無塵衣與頭套的語菲，剛好從氣壓門前的「吹風室」走出來。她脫下了白色的無塵鞋、頭套、髮網和手套，用手指順了順方才被盤起的長髮。

「轉移物已經放置完畢？」藍玄智問。

語菲朝著監視螢幕引了引下巴：「甘道夫和鄧不利多已經就定位了。」畫面中有兩隻花色各異的道奇兔，正傻楞楞地窩在玻璃容器內。

「牠……牠們不是妳最心愛的寵物兔嗎？」藍玄智問。

「沒那麼情深義重……」她表情冷冷地回答：「要是生物體的轉移實驗成功了，牠們至少也能解脫和我們一樣的處境！」然後目光又迅速從螢幕上撇開。

小葉端坐在終端機前，正凝視著交換機台的數據設定：「轉移物的座標位置已鎖定，就等待藍學長釋出異物質的密碼晶片了！」

藍玄智脫下掛在襯衫底下的那條金屬項鍊，將串在上面的晶片插進終端機上。當插槽四周的電源光線亮起後，才緩緩推動著一只主拉軸，以及七、八個不同功能的調整軸。

田基仔細端詳不同異物質的比例指數，達標後才終於喊了一聲：「Engaged!」

原本機台舷窗內透出的淡藍色光也開始越來越濃烈，逐漸轉變為一種接近湛藍的光芒，就連整個長形的交換機台底座，也緩慢地泛著一股不斷在變換色彩的光暈。

「第回物換星移測試一切準備就緒！」藍玄智環視著語菲與田基，最後將目光停在小葉的終端機螢幕上。

「Energize!」小葉按下了觸控螢幕上，那一只火紅色的啟動按鈕。

整座機台頓時釋放出微弱的震波，那種彷彿帶著低沉「嗯」聲的微震，從活動中心往外、往上擴散而去，就像一名隱形的男低音在四方遊走著，微波讓玻璃窗與鐵門也發出一股不規則的共鳴聲，這股震動的速度愈來愈趨強烈，就連那一陣若有似無的低沉悶音也跟著加快。

藍玄智一行人在日復一日的實驗中，早已對那種從腦門蔓延至下顎骨的震動習以為常，他們只是睜著認真的眼睛專注於機台內外的監視器畫面。直到原本規律的震動轉為一股狂亂失序的衝擊力，宛若競技場上暴衝的公牛撞斷閘門揚長而去，一切才逐漸趨於平靜。

那一座物換星移的交換機台內也呈現一片黑暗。

田基迅速開啟活動中心的緊急泵發電系統，偌大的場地頓時響起一陣刺耳的運轉音頻。幾秒鐘後，交換機台內外的燈光，與各種儀表面板上的指示燈，才終於恢復正常逐一重新開機中。

語菲快速套回了無塵鞋與頭套，三步當兩步衝進吹風室除塵後，朝著舷窗內端詳了幾秒便打開了氣壓門。良久，交換機台內不再有任何動靜。藍玄智和小葉盯著內部的監視器畫面，只看到語菲白色無塵衣的背影，她杵在轉移物的玻璃容器前十多秒後，才緩緩彎下腰蹲在容器前發呆，最後才將自己的臉埋在雙膝上。

當她再度走出氣壓門與吹風室後，雙手則捧著那一只玻璃容器，兩隻道奇兔看似仍好端端地擠在容器之中，動也不動地乖乖趴著。

語菲低頭喃著：「第142回物換星移的生物體轉移失敗，甘道夫和鄧不利多……殉職。」她的雙眼紅潤，抬起頭並不想讓淚水劃下來，只是順勢將容器放在一旁的實驗桌上，轉身走向交換機台的另一頭，換下罩在身上的無塵衣。

玻璃容器內那兩只毛茸茸的物體，卻在幾秒後如洩了氣的球，霎時咻一聲垮成兩灘冒著熱氣的皮毛，就像內部早已被瞬間腐蝕或燒空的兩坨皮囊。

田基與小葉見狀，驚恐地往後退了好幾步。

「為什麼會這樣子？之前沒有以生物體做過實驗，從來不知道異物質不同比重的能量條件，會造成活體有如此血肉模糊的慘狀……」藍玄智的雙眼睜得老大，雙唇也嚇得根本闔不上。

小葉望著藍玄智，語氣不是挺肯定地說：「或許……活體內的骨骼、肌肉與器官已經被成功轉移了，只有皮毛仍被留在這個空間？」

「這未免也太恐怖了吧？我們過往以單一的無機化合物作為實驗轉移物，從來沒意識到生物體內的有機化合物、無機化合物與其他生命元素的構成，在轉移過程中所需要的不同能量條件！」田基道。

藍玄智彷彿沒有聽到他們的交談，只是回過頭跑到終端機前，檢視著剛才監視器上的畫面錄影：「那麼轉回物呢？假如我們真的將這個空間的部分物體轉移過去了，那麼為什麼沒有其他空間的物體被轉移過來？」

語菲從機台旁的黑暗中走了出來，表情木然地說著：「我這陣子突然開始懷疑，艾弗雷特與福滿壽博士的理論……是真的嗎？在那些多重的宇宙之中，真的有那麼多個與我們相同的地球？每一個地球上也真的都有另一組藍玄智、田基、小葉與我，正協助他們那個地球上的福滿壽博士，建造著另一座物換星移的交換機台……」

她的目光停在玻璃容器內的兩坨皮囊，眼眶緩緩劃下了兩道淚痕，默默地環視著另外三位夥伴們。

「你們真的相信福滿壽博士的理論，能平行或垂直穿梭到其他世界的我們……所建造的物換星移交換機嗎？」

第六章　晴雯

信義戰後重劃區，東南面山區。

藍玄智摘下頭頂上的遮陽帽，將左手的五根指頭穿進髮際，撥了撥頭皮上的汗水與熱氣，不斷用帽子搧著風，然後繼續徒步往水雲街的上坡路走著。午后的氣溫至少又是攝氏五、六十度，初春的北台灣卻像炎熱的酷暑，山林之中聽不到任何蟬鳴鳥叫，或許在嚴酷的氣候變遷下，大自然的生物早已再次經歷一波波的物競天擇了。

這一片放眼望去斷垣殘壁的山莊社區，聽說在上個世紀曾經星光熠熠，隱居著許多明星與企業名人，在雲霧繚繞的山間仍可遠眺當年的信義商圈，以及那一根永垂不朽的建築物。只不過，原本山莊入口富麗堂皇的縷空雕花銅門，或綿延的白牆紅瓦歐式別墅，如今早已成了東倒西歪的廢墟。

那些仕紳名流、富豪財閥或許早已透過管道，在三戰之前就逃離這座島國，前往某個僑居國進而成為圓之內的子民。

藍玄智揮汗如雨推開了其中一幢洋房的鐵門，在花園內左彎右拐就繞到後院的落地玻璃拉門前，彷彿對這一大片雜草叢生的廢棄老洋房熟門熟路。

他拉開玻璃門，朝著屋內喊著：「福博士！我是藍玄智……」

一如過往，並沒有任何人回應，只有起居室內微弱的落地燈光，以及通往主臥房的走廊透出了些許光線。最令他納悶的是，就連那兩具敏捷的ＡＩ人工智能機器看護，也沒有發出任何打招呼的聲音？

將屆七十的福滿壽與妻子白芸，居住在這棟世外桃源的山中洋房三十多年了，在白芸確診罹患失智症後，福滿壽就開始接觸人工智慧的看護系統，因應妻子的思考與記憶能力退化，個人日常生活都無法自理之際，他與自己的研發團隊引進並改良出兩具機器看護——襲人與晴雯。

福滿壽之所以將兩具機器看護的代號，取名為《紅樓夢》中賈寶玉兩位大丫鬟的名字，只因為妻子曾是知名的「紅學」考證派研究者，畢生醉心於考證曹雪芹的家世、寶玉與金陵十二釵的人物關係、賈元春的判詞之謎，或《恨無常》曲的謎團。或許，神智早已處於跳躍與恍惚的白芸，並不會太介意在熟識的襲人與晴雯悉心照料下度過餘生。

花襲人，在大觀園內溫柔和順、似桂如蘭、處事穩重、恪盡職任、八面玲瓏且眾人誇口，福滿壽將那些特質賦予給那具機動性較高的人形機器看護，專門負責穿梭於廳室之間處理日常家務。晴雯，則是賈寶玉怡紅院中聰明絕頂、口齒伶俐、心靈手巧、膽大心細又勇敢率真的丫鬟，他也將那些性格編寫至妻子床頭旁，那具只有四根巨大機械手臂的機器人ＡＩ資料庫中，專職協助白芸吃喝拉撒、翻身或運動，甚至是能與她清醒時聊天談心的貼身看護。

福滿壽原本還認為那兩具人工智能的機器看護，只需負責照料臥病在床的妻子，讓鎮日在研究室內工作的他無後顧之憂。直到幾個月前，他自己也因腦部缺血而意外引發中風，導致從此半身不遂與失語，幾近癱瘓的他也無法親身參與異物質與物換星移的研究。

藍玄智與實驗小組的幾位成員，遂將他與白芸安置於山莊的住所，交由襲人與晴雯機器看護全權照料。雖然福滿壽仰賴「外骨骼套裝」的支撐，仍可進行基本的生活自理，但是這些三戰前所殘留下來的科技產物，無論是機器看護或外骨骼套裝，如果在每日宵禁斷電前未歸位充電，暗夜中都將成為無用武之地的廢鐵……

藍玄智穿過有些許霉味的起居室，原本總是被機器看護打掃得窗明几淨的空間，如今看起來至少蒙塵了一、兩個星期，就連廚房流理臺上也堆著有點腐敗的公發補給食物。他心想，難道是機器人的排程設定跳掉了？當他才剛轉進走廊時，就發現那一具代號襲人的人形機器看護，竟然面對著牆壁杵在走廊的最盡頭！

「沒有自動歸位充電嗎？」他一邊走一邊嘟噥著。

直到他走近襲人的身後時，才發現在她雪白色的板金上，竟然布滿斑駁的噴濺血滴！從深褐色的血跡看來，應該已經乾了好一陣子。而襲人只是將橢圓形的金屬頭部抵在牆上，那一雙如眼眶般的ＬＥＤ螢幕一明一滅，偶爾還閃過一些不知所云的亂碼。

藍玄智吼了出來：「到底發生了什麼事情？」

襲人一如故我面向著牆壁，倒在那裡動也不動一下。

良久，她才以生硬的女性聲線不斷複誦著：「記憶磁區無法判讀，請更換或重新格式化！記憶磁區無法判讀……」

藍玄智衝進了主臥房，只見原本相鄰的兩張雙人病床被併在一起，上面蓋著一張看似剛換上的淺藍色棉被，兩位老人家的面容彷彿正平靜地睡著覺。福滿壽日常復健用的外骨骼套裝，也如坐姿般正靠在一旁的椅子上。

「博士，你還好嗎？」

他輕輕搖了搖福滿壽的身子，卻發現一旁熟睡中的白芸竟然也跟著晃動？滿臉狐疑的他緩緩將食指移到福滿壽的鼻孔下，並且仔細觀察著兩位老人家的神態。猶豫了好幾秒後，才迅速掀開了那一床棉被，那一瞬間他的心臟也跟著抽了一下，眼前的景象幾乎讓他驚聲尖叫了出來！

因為，在沉重的棉被與被單底下，完全是另一幅光景……

浸染著褐色血跡的床罩上，福滿壽與妻子的頭部以下幾乎血肉模糊，他們裸身的軀幹相對側躺著，可是從胸口到小腹卻被剖開後縫合為一體，宛若一對胸腔相連的連體嬰。然而，他們的頭顱卻被硬生生往後掰，兩個人的臉部朝著相反的方向望著。最令人毛骨悚然的是，那八條凌亂的手臂與下肢也如抽筋般，每一根手指與腳趾都扭曲地向外翻！

藍玄智的目光順著床頭壁面緩緩向上移，這才發現牆上與天花板上的四根巨大機械手臂上，白色的板金、不鏽鋼的軸承與如鳥喙般的手部，都沾滿著血跡或糊著掙扎般的血手印！看得出來兩位老人家在瀕死之際，肯定痛苦地掙扎與哀求過，還赤手空拳無助地抵抗著，才會在機械手臂上糊滿了驚人的血手印。

他的腳步不斷地向後倒退著，下意識要與那一座代號晴雯的巨大機器看護保持距離，彷彿下一秒鐘那四根巨大的機械手臂，都可能張牙舞爪搗毀眼前的一切。

「這些……是妳幹的嗎……？為什麼會這樣……」

藍玄智的語氣顫抖，眼淚早已爬滿了臉上，甚至不斷責備自己的疏忽。如果，他早幾天上來探望兩位老人家，早些時間維護這兩台機器看護，或許就不會發生這些機械失控的悲劇！

「（喝茶嗎？）」

原本靜止不動的晴雯，突然從床頭主機的擴音器中傳來說話聲，那嗓音聽起來比襲人所配置的女性語音再稍微低沉一些，甚至帶著點溫柔的安定感。

她緩緩移動雪白的機械手臂，輕巧熟練的動作宛若水中揮著柔軟觸角的八爪章魚，其中一支手臂打開了壁櫃取出茶葉罐，精準地將些許細碎的茶葉放入一只茶壺內，另一支手臂則按下了飲水機的熱水解鎖鈕，將熱水注入到水壺之中。與此同時，天花板上的兩支手臂早已在茶几上擺好了杯具組，與一張訪客用的摺疊椅。

幾分鐘後，機械手臂才提起了茶壺，將熱茶注入其中一只茶杯中：「（只剩下高山茶了，希望藍先生不會介意。）」晴雯的七組攝影鏡頭，顯然已經辨識出他的身分。

藍玄智仍然直挺挺地杵在房門前，完全沒有趨步向前的意願：「妳怎麼能違背『不得傷害人類，不得看到人類受傷害而袖手旁觀』的機器人法則，做出這種喪心病狂的行為？」

晴雯主機上的擴音器停了兩秒，才繼續道：「（喪心病狂？那並不是我能控制的意外事件，是他們……他們竄改了我的引擎與資料庫！）」

「他們？他們是誰？」

她並沒有回答。

藍玄智突然想起福滿壽在編寫晴雯的ＡＩ資料庫時，曾語重心長地提及：「白芸說過，晴雯這女孩完全不同於賈府其他的丫鬟。她盛怒時，不管該不該說的話，都會衝口而出；她得意時，想怎麼做就怎麼做，痛快淋漓的性格令人難以置信……」

藍玄智換了另一種語氣：「機器看護AICG-2型，代號晴雯，Administrator密碼……」

他思索了幾秒，然後走向福滿壽妻子的床頭櫃前，在一疊古文書中找到那一本朱紅色的硬皮精裝書，快速翻到了第七十八回，賈寶玉為晴雯所寫下的那首《芙蓉女兒誄》祭文，找到了福滿壽以紅筆標記的其中幾句話，然後再度對著主機唸出那段密碼——

「豈道紅綃帳裏，公子情深；始信黃土隴中，女兒命薄！」

霎時，晴雯那四支高舉的巨大機械手臂，竟然如卸下武裝那般，乖乖地歸回床頭牆面與天花板上的定位。

「調閱福滿壽博士生前最後幾分鐘，各個角度的看護監視畫面。」藍玄智將目光停在主機上的螢幕，不過卻完全沒有任何動靜。

「（指定時間的監視畫面已被刪除！）」晴雯的語息出奇平靜。

「是誰刪除的？」

「（他們。）」

「妳說的『他們』到底是誰？」

晴雯停了半晌，才再度發出聲音：「（他們的物種與生命結構並不在ＡＩ資料庫之中，晴雯無法判定到底是誰。）」

藍玄智這下子可被搞糊塗了：「無法判定他們的生命結構？難不成他們是鬼魂或什麼惡靈嗎！」

晴雯的語音查詢功能頓時啟動：「（根據大英百科全書的記載，英國科學家認為次聲波能讓22％的人感覺鬼魂的存在，可能是內耳的淋巴液受到震動影響平衡系統有關，次聲波也可使眼球震顫而扭曲了視力，常被誤以為見鬼了……）」她就那麼，自顧自地朗讀著搜尋結果。

藍玄智打斷了晴雯的喃喃自語，問道：「那麼……是否有兩位老人家生前最後幾分鐘，所留下來的任何檔案？」

「（五月十六日，下午三點二十四分四十二秒，福滿壽博士啟動過語音側錄功能，儲存了一個語音檔案。）」

「請播放！」

接下來的幾分鐘，擴音器中傳來一陣陣的雜音，有時是半癱的福滿壽口齒不清的求救聲，有時是他失智的妻子驚恐的喘息；有時則像有人赤著腳在主臥房內走動。藍玄智仔細聆聽，猜測著到底是福滿壽還是白芸爬了下床？

不對，那一陣陣的踱步聲如此急促與細碎，完全不像兩位老人家緩慢的步伐！而且方才聽起來彷彿是好幾個人光著腳丫子，在地板上不斷地來回走動。不過，一會兒……腳步聲又宛若是從遠處的牆面或天花板上傳來？

伴隨著一陣模糊且沙啞的語息，似男若女、忽遠忽近地喃著：「……必須除掉這些連結……這些不完整的人類……」一字一句如此咬牙切齒，彷彿某種猛獸所發出的低沉怒吼。

一種帶著節奏感的高頻聲越來越大聲，隨之是機械手臂上的油壓桿與軸承不斷劇烈運作的聲響，還有老人家痛苦的嘶吼聲，與手掌不斷拍打在晴雯金屬機身上的抵抗。

呻吟的聲音越來越微弱，最後錄音戛然而止！

藍玄智仍然驚魂未甫，上下牙床不斷打著哆嗦：「連結？不完整的人類？那是什麼意思？」

晴雯並沒有回答。

就在那一瞬間，原本靜止在定位上的機械手臂突然發狂般，宛若從海平面下竄出觸角的大海怪，四根巨大的機械手臂就那麼在空中張牙舞爪著，並且咻咻咻地朝著某個定點穿刺而去！

藍玄智迅速彎下腰，往後翻滾了好幾圈，那些機械手臂只差一步之遙，就可掐碎他的前額。所幸，他從頭到尾都與晴雯保持距離，要不然前緣那幾副如鳥喙般的金屬鉗，早已掐住他的腦門了！

他發著抖跪倒在地上，不斷繼續往後方的走廊倒退，驚恐的雙眼仍緊盯著企圖往前延伸的四支沾滿褐色血跡的白色手臂。

到底是怎麼一回事？難道，就是剛才那一陣高頻聲，又觸發或竄改了晴雯ＡＩ資料庫中的機器人法則或情緒管控系統？

第七章　日冕

當郎威揚與大補丸抵達水雲街時，周國柱和林司齊早在山間莊園等候多時，他們倆腳都還沒有跨進去，就被門內自救隊的成員們給制止住了。

「你們兩位可終於到了。」林司齊一邊嘀咕一邊從口袋拿出了兩雙鞋套：「小心，敬請保持現場原貌，不要觸碰室內任何物品，我還有許多腳印和手印要採集！」

「腳印？你是說鞋印和指紋吧？」大補丸問。

「不是的，我說的就是腳印和手印。」

林司齊指著地面上不是挺明顯的痕跡，有些帶著沙土、有些則是沾著血跡的血腳印，他的手指順著牆面往上移動，凌亂的腳印與手印仍然向上游躥著，就連天花板上也有少許的足跡。

「很神奇吧？」

大補丸望了郎威揚一眼：「這……會不會是什麼惡作劇？難道真有人會什麼少林壁虎游牆功？」

「老郎，你們來了嗎？順著走廊到主臥房，我人在這裡！」屋內一方傳來周國柱的聲音。

郎威揚左顧右盼了兩秒，就和大補丸穿進餐廳旁的走廊，也看到盡頭那具倚在牆面上的人形機器人，支撐機身的兩只滾輪早已歪斜，雪白色的板金上噴濺了深褐色的血跡，眼眶上的ＬＥＤ螢幕一片漆黑，看來應該是電池已經耗盡了。

「這一具機器人該不會就是凶手吧？」「也或許只是個目擊者？」大補丸問。

郎威揚朝著主臥房引了引下巴：

他們一走進房門，就見到牆面與天花板上的四根巨大機械手臂，此時卻如麵條般垂軟懸吊於半空中，或是如死蛇般橫躺在木地板上。每一支雪白的手臂與金屬鉗上，同樣布滿了驚人的斑斑血跡與狂亂的血手印，比起門外那一具人形機器人更甚。

「別擔心！那幾位向自救隊報案的研究員，剛才已經將這一具大型的機器看護強制關機了。」正在一旁低著頭工作的周國柱，朝著窗外那幾位年輕人的方向揚了揚眉。

後花園內，藍玄智、田基、小葉和語菲表情凝重，正有一搭沒一搭說著話，看來福滿壽與妻子的這一起縫屍案，確實嚴重打擊了研究團隊的士氣，尤其語菲只是不發一語癱坐在涼亭內的石椅。

原本死狀慘不忍睹的福滿壽夫婦所陳屍的床上，如今只剩下染著大片血跡的藍色床單，兩具屍體已被自救隊人員移到鋪滿塑膠布的地面，周國柱正蹲跪在福滿壽與白芸被縫得奇形怪狀的遺骸旁。兩位老人家全身上下赤裸，慘白的膚色沾滿了凝固的血跡，以及從小腹溢出來的淺黃色脂肪。他們的頭顱也如李天應夫婦那般，被硬生生掰了一百八十度，分別望著自己的背脊，兩雙手臂與四條大腿凌亂地交纏著，完全分不出誰是誰的。唯一不同的是，兩個人從胸部到小腹剖開後，被縫成一體的縫線非常精緻，彷彿是出自縫紉機整齊的車縫線。

周國柱發現郎威揚正聚精會神盯著那道車縫線，便順口道：「是那些機械手臂的傑作！」

郎威揚回過頭，瞄了一眼躺在地上的機械手臂：「所以，這一起命案雖然看似和李將軍夫婦雷同，可是下手的並不是相同凶手吧？」

「這一款機器看護AICG-2型有非常齊備的家管功能，從移動家具或攙扶被看護者，到最細微穿針引線的縫紉活兒……都難不倒他們。現場目擊的研究員提及，機器看護之所以會失控殺人，或許是被外在的因素竄改了程式或ＡＩ資料庫，造成機器人道德行為上的認知偏差，進而被引導犯案。」

「外在因素？你是指那些能夠在牆上與天花板行走的特異人士？」

周國柱乾笑了兩聲：「特異人士這詞還真特異，看你這麼一副剛正不阿、鬼神不侵的軍人本色，應該不會相信是什麼妖魔鬼怪吧？其實，在歷史上每逢改朝換代，或者這種天災人禍的時期，都會有所謂的妖孽出來作祟！」

「如果是什麼妖孽，又何故只殺害手無縛雞之力的老人家？還接連將屍首縫成如此詭異的形體？」郎威揚思索了幾秒鐘，才繼續道：「為什麼……會是李天應將軍與這一位博士的妻子們？

這四名死者到底有什麼共通之處？」

他憑著自己對李將軍生平的瞭解，反覆推敲著：「李天應，七十二歲，曾任職於國防部參謀本部的電訊發展單位，致力於將國外所學的尖端通信，與資訊科技轉移至國防上。退休後，他醉心於鑽研一種全新的電波工程理論，開發某種極具前瞻性的通訊模具……」

「前瞻性的通訊模具？」張國柱歪了歪腦袋。

「聽說是能與靈界或所謂的陰間通訊的模具！因為他在……女兒驟逝後，才開始走火入魔期待透過現代的科技，能夠與早已往生的她再度通話。不過，三戰發生後卻人事全非，而且當時的研究報告也完全不知去向，因此並沒有人知道那個通訊模具是否開發成功了。」

周國柱翻開了手中的小筆記，也唸著剛才藍玄智所提供的死者生平：「福滿壽，六十九歲，是知名的物理學博士，在國立大學擔任理論物理學教授，畢生醉心於『疊加狀態』的研究，並透過研發出的『異物質』取得一系列開創性的研究成果，還曾獲得未來科學大賞的物質科學獎……」

郎威揚的大手在油亮的臉上抹了抹，表情若有所思：「這麼說來，兩位男性死者的確有相似之處！都曾在不同的領域上有重大的研究，難道會是這些研究為他們招來殺身之禍？有人想阻止曾經在進行中的某些計畫？」

大補丸搔著頭：「可是……那個什麼靈界或陰間的通訊模具，又怎麼會和什麼疊加狀態的研究有關？而且那個疊加狀態到底是什麼意思呀？」

主臥房的門外傳來聲音：「你應該時常聽到『薛丁格的貓』這名詞。」說話的是倚在門邊多時的藍玄智：「可是，卻不是很清楚那是什麼意思或源自何處，是吧？」

「薛丁格的貓，是一位叫埃爾溫．薛丁格的奧地利物理學者，在一九三五年針對量子力學中的『哥本哈根詮釋』所下的嘲諷之語。他提及該理論的荒謬之於把一頭活生生的貓，放進一口密閉的鐵製容器內，並且將容器內設計成有『50％機率』，會因放射性物質提高而觸發裝置上的一個榔頭，將裝有氰化氫的燒瓶敲碎，造成容器內釋放出致死的毒氣。

他依照『哥本哈根詮釋』推論，是不是只要不去打開鐵容器的門進行觀察，就可認定鐵容器內的貓是一頭『50％機率』算死又算活的貓？」

「算死又算活的貓？怎麼可能會有那種事情啦？」大補丸笑道。

藍玄智牽了牽嘴角：「薛丁格本來的用意是想反駁那一項量子力學的理論，卻意料引發更多科學家拋下直觀，認定量子就是兼具似是而非的不確定性質，方以更加嚴密的數學去推導，將那一種所謂算死又算活的狀態，稱之為『疊加狀態』！

也就是說，當我們還沒打開鐵箱時，薛丁格的貓是處於一種疊加狀態：是死也是活著。但是，當我們打開鐵箱的那一瞬間，也就創造了兩種並存的結果：一種是貓活著的現實、一種是貓死了的現實。那個量子態也就是連結並存的宇宙，甚至延伸出『多世界詮釋』（The Many-worlds

Interpretation）的學說！」

郎威揚恍然大悟：「你們與福滿壽博士所研究的，就是多世界詮釋？那些理論不是一直被認為是假說嗎？」

「無論世人認為那是假說或真說，你不覺得只要仍有一線生機，能夠解救被遺棄在圓之外等死的人類，我們就應該追根究底，尋找能夠進入多重宇宙的通道！在太陽風暴毀滅地表之前，我們能夠拯救多少人，就應該拯救多少！」藍玄智的語氣微慍，甚至帶著點惱羞成怒。

他娓娓道來，三戰結束後的這幾年福滿壽如何帶領著他們，進行過許多次的轉移實驗，就是為了將圓之外的人民，進行橫向移動到疊加狀態的並存空間，再進行直向移動到該空間的時間軸旅行！

大補丸表情興奮地問道：「所以……那個什麼物換星移的轉移成功了嗎？」

藍玄智並沒有回答，只是默默地望著主臥房落地窗外，那幾位表情茫然的研究同伴。

「如果福滿壽博士的研究尚未成功，李天應將軍的通訊模具也沒有實現，那麼又為什麼會對任何人或團體造成威脅？甚至，將他們的遺骸處以如此惡意與殘忍的損毀？那些在牆上或天花板留下腳印的奇人或妖孽，真的是針對兩名老人家生前的研究才痛下毒手嗎？」周國柱的語氣疑惑。

「我最想不透的是，為什麼要將兩對老夫妻的屍體縫在一起？難不成有什麼特殊的寓意？」

郎威揚用手指揉了揉太陽穴。

四個人默默地望著塑膠布上的兩位老人家，腦中都無法理解凶手的動機。

周國柱看著郎威揚，手掌突然拍了一下前額：「唉呀！差一點忘記，我請大補丸找你過來的原因！」

他馬上低著頭，挖出背包中的一疊檔案夾：「你上次要我送去化驗的那一段縫線所展開的皮層組織，化驗報告已經出來了！」

「是哪種動物的角質皮層？」

「百分之百是……人類！」

周國柱將化驗報告遞了過去，郎威揚睜大著眼睛，仔細閱讀著上面的文字：「什麼！那怎麼可能？人類又不是什麼蛻皮動物，怎麼可能蛻下那麼大面積的角質皮層，還被搓成能夠將人體縫起來的特殊皮線？」

他繼續讀著ＤＮＡ比對後的結果，顯示確實就是人類的皮層：「這到底是什麼妖魔鬼怪？既能夠在牆上或天花板上任意爬行，身體還會像蛇那般蛻下角質皮層……這兩起縫屍案的凶手，真的會是化驗報告上所說的人類嗎？」

他的表情疑惑，思緒完全陷入十里迷霧之中。

◇◆◇◆

午後四點多，天空仍然泛著詭異的橘紅色。這一個多月以來，人們早已見不到藍天與白雲了，從早到晚幾乎都是帶著濃艷的橙色天際，顏色有時濃烈得如流動的熔岩；有時則清透得像浸著鐵鏽的死水，為這一座已經分不清是黑夜或白晝的城市，增添了一抹如煉獄般的色光。

遠處傳來如雷的砲擊聲，一道道從地平線射出的白色光芒，如流星般緩緩飛向天際在山稜線上交錯。郎威揚穿著無袖的汗衫，額頭冒著豆大汗珠倚在公寓的小窗前，他心想應該是戰後自救隊發射到對流層上的「碘化銀」火箭彈，也就是過往為了緩解旱災所投放的人工增雨劑。只不過，這些日子已經連續發射了許多回，卻從來沒有下過一場像樣的大雨，能滋潤這一尾已經乾癟得如魚乾的島嶼。

聽說，喜馬拉雅山、南極與北極已完全融化，原本冰封的極地冰棚、冰川與冰原早已成了一望無際的草原，上面長滿了不該出現的植物與巨大無比的「黃花毛」。原本冷藏在冰層間的大量遠古植物與種籽，在經過暖化效應迅速的解凍後，從極地的泥土中再度發芽，行光合作用與排放大量的二氧化碳。

那些曾經被千年冰原所封住的不知名上古病毒，也在冰層消融之際，重新於極地上繁衍增生，並且迅速從南北極轉往更炎熱的地區擴散。我們與殘留在非洲、歐洲、南美洲或東南亞許多戰敗的小國家處境相同，在奧菲斯之眼毀滅地表之前，早已面臨了一波波重新出土的不知名瘟疫洗刷，讓那些被遺棄在地球表面上的人類，重新去面對曾經被冰封的種族滅絕。

郎威揚調整著老式收音機的天線與方位，尋找著寥寥無幾的幾個電台，折騰了半晌才轉到播放地方新聞的自救電台。這些簡陋的新聞台，大多是宣導公發物資與分區領糧的時間表，有時候還會報導幾則天災人禍的時事新聞，激勵著圓之外滿面愁容的世人，要慶幸亂世之中還是有許多人比自己更悲慘。

「……昨天下午兩點多，在木柵的力行社區發生一起人倫悲劇，一名四十二歲的譚姓已婚男子，趁著妻子與女兒外出時，從自家五樓的天台跳樓身亡，自救隊人員正在進行調查，釐清該起案件是否為意外或有他殺的嫌疑。

譚姓死者的妻子表示，丈夫在事發前一星期就已經言行異常，連對待平日最寵愛的八歲女兒，也形同陌生人。自救隊調查員在死者身上發現了一份遺書，但礙於個人隱私無法對外公開，僅透露遺書中的內容光怪陸離……」

收音機裡，傳來記者訪問譚男遺孀的片段，對方聲音沙啞地哭訴著：「我不知道……我真的不知道……譚昕為什麼會想不開？這一陣子……他一直疑神疑鬼地問我，為什麼他已經將我殺了、埋了，我卻還能從土堆中爬出來，一副若無其事的樣子！他甚至認不出自己的女兒……看到我們母子倆就像見到鬼似的……」

那一名遺孀聲嘶力竭地哭喊著，令人聽得心有戚戚焉，記者也不忘在採訪後提醒著收音機前的聽眾：「根據專家指出『三戰後心理綜合症』與『被遺棄症候群』都是創傷後壓力的反應，如果身邊的親朋好友有異於過往的言行，敬請向戰後自救隊相關部門尋求心理諮詢，或加入該隊不定期的團體心理治療……」

郎威揚一聽到那些防範「三戰後心理綜合症」或「被遺棄症候群」的宣導，馬上就切斷收音機的電源鈕。他已經聽膩了那些醫學名詞，當他實實在在擁有過的妻子與雙胞胎兒子，在一夜之間消失得無影無蹤後，不但沒有人試著去理解與追查，反而將他當成是另一名精神錯亂的前職業軍人，言行異常的喪家之犬、亡國之卒！

「咚──咚──咚──」他的門外又傳來那種如戰鼓般的敲門聲。

「這顆大補丸喲！以後是不是乾脆給你一副備匙算了？」郎威揚一邊嘮叨著，一邊打開了那扇木門。

不過，他隔著外層鐵門的幾道縫隙往外望，卻沒有看到總是表情猥瑣的大補丸？正當他狐疑著將木門關上前，昏暗的走廊才突然竄出一道陌生的身影。

「對不起，冒昧造訪……請見諒！」是女性的聲線。

郎威揚愣了幾秒：「伍小姐？怎麼會是妳？為什麼會有我的地址？」

「我、我請戴保元告訴我的……請不要怪罪他！因為我有事情想請郎先生幫忙！」

「好吧，進來再說！」

他抓了抓頭，打開了鐵門朝著走廊左右望了兩眼，才比出手掌請伍漭入內。進門後，郎威揚馬上清了清沙發上的雜物，還拉開了幾扇窗戶深怕房間內有什麼汗酸味散不去。

「妳怎麼會認為我幫得上妳什麼忙？」

「我聽戴先生提到，你在三戰前是資通電軍的指揮官，專門負責網戰、電戰或資通方面的任務，而且還是一位資深的通訊專才……」

郎威揚聽到伍漭提起資通電軍的事情，馬上撇過頭不太想聽下去了，他們這些當年負責網路戰或電子戰的部隊，並沒有在三戰時期打敗第四戰區的亞洲諸國，還被鄰國成千上萬的微型無人機入侵本島，癱瘓了我們的能源、電力、網路與電動武器。他實在不認為那是什麼光彩的頭銜與戰績。

伍漭越說越激動：「麻煩郎先生，一定要幫我這個忙！」她突然低下頭、雙手恭敬地遞過一本有點破舊的筆記本。

「這是什麼？」

「這些信……是我戰後三年以來，寫給遠在圓之內城邦的男友。我聽說當年網路時代的一些前駭客們，偵測到幾個未被電磁脈衝摧毀的人造衛星，能夠使用大氣層上的衛星網路，發送文字訊息或影像到地殼底下。」

郎威揚望著伍潾的臉，心中卻越來越莫名其妙。

「你是這個領域的專才，肯定認識那些駭客聯盟吧？對不對？求求你……求求你請他們幫我，將這些信發到圓之內城邦，好嗎？」伍潾的眼眶迸出了淚水，幾乎是哭腔懇求著郎威揚。

他的雙眼頓時睜得老大，馬上將那本筆記本推了回去：「妳當我是什麼？我只不過是個服過自願役的軍人，哪會認識什麼前駭客？或什麼駭客聯盟呀？」

「大家都說李將軍生前在研究一種全新的通訊模具，你們肯定有辦法和地殼底下的圓之內聯絡！對不對？」

郎威揚搖搖頭嘆了一口氣：「那……我可能要讓妳失望了！李將軍和我在三戰之前就已經鮮少聯絡，更不清楚他退休後所研究的那種通訊模具，是否真的存在？我恐怕是愛莫能助了。」

「況且，妳不要傻了！太陽耀斑過往幾次的拋射物質，所發出一波波強大的電磁脈衝，早就摧毀了地表上許多電力系統、電子設備，或是任何有微晶片的裝置。妳認為那些遠在軌道上運行的人造衛星，真能夠在電磁的衝擊波下倖免？」

伍潾原本充滿希望與激動的神情，眉頭與肩頭霎時全都垂了下來。郎威揚這才發現剛剛脫口而出的那些話，好像說得太重了。

「所以，你真的沒有過往軍方的任何祕密通訊技術，或者特殊的管道……」她的聲音越來越小聲、細微。

郎威揚誠懇地望著她，眼神中沒有一絲的虛假或隱瞞。

「那麼……真的非常抱歉打擾你了。」

她的雙手緊緊揪著自己的衣角，表情非常不好意思地深深鞠了一個快九十度的躬，便轉過頭往大門的方向無力地緩緩走去。

三年來，那一本筆記本上所寫下的字字句句，是她對智晏與未來所懷抱的希望，也是支撐著在圓之外朝不保夕的她，要勇敢活下去的力量！每一個清晨，當她從睡夢中甦醒後確定自己仍然在呼吸，並沒有化為無垠宇宙中的一縷塵埃時，她都會樂觀地告訴自己——那些大事去矣的惡劣氣候變遷和奧菲斯之眼的耀斑，有一天肯定都會消散。

可是，這一會兒，那些活下去的理由與希望，彷彿頓時被打亂了。

當伍澼正要旋開門把時，突然想到了什麼，馬上在手袋中翻找著，沒多久才將一只小巧的深藍色塊狀遞給了郎威揚：「我們打理李將軍與李老太房間內的遺物時，在床墊底下找到了這個，我猜你應該會想將它留下來吧。」

郎威揚翻看著那個塊狀物體，才發現原來是一只USB隨身碟。

伍澼離開之後，他馬上翻箱倒櫃又爬進了床底下，折騰了半晌才挖出那一台塵封已久的筆電。他心想，那台電腦大約四、五年未使用，儘管目前的圓之外根本沒有任何網路資源可連結，不過本機應該還是可讀取隨身碟或外接式硬碟吧？

早在大戰之前，零星的電磁脈衝早已造成許多國家電壓不穩定，就連電信業者的伺服器與網路系統也陸續停擺。而三戰時，在各國電子戰爭的癱瘓行動下，也讓世人所仰賴的電腦、手機，或任何行動裝置，終告無用武之地，令地表上的戰敗國正式脫離了文明與科技。

郎威揚順利將筆電開機後，望著右下角自動搜尋附近wifi網路的圖示不斷轉著，索性將早已不存在的網路功能關掉。他將那只隨身碟插進ＵＳＢ插孔後，檔案總管的視窗跳了出來，上面顯示著上百筆不同類型的檔案，包括程式檔、文檔、語音與錄影檔。

他一個個打開了文檔仔細端詳，發現那些是李將軍生前留下的檔案，內容有研究報告、實驗紀錄與心得日誌，也更確定應該是他退休後積極研發的通訊裝置，那種能夠與靈界或陰間通訊的神祕裝置？

李將軍在心得日誌中時而興奮、時而期待，有時候更流露著失望或憤怒，與各種實驗過程中所遭遇的五味雜陳感想——

「……他們說，人類的靈體是一種電波，當我們因死亡而從肉體被解脫後，那股電波就會穿越蟲洞被吸附到一個強大的磁場之中，一個被千古世人稱之為陰間或靈界的異度空間。那麼就算妳化成了一縷電波，老爸也要找到那個將妳帶走的磁場……」

「……難道是突發電離層影響了無線電波的傳導？看來又是太陽耀斑的活躍時期，導致大量的自由電子吸收掉高頻電波，造成最近『歐律狄刻』的無線電一直中斷？惠琳，老爸已經沒有多少時間了，在他們所說的那一場戰爭將要展開前，或是電磁脈衝將毀掉這一部裝置前，我和妳老媽只想再聽到妳的聲音、再和妳說上幾句話！」

「今天，硬體程式改寫的歐律狄刻主機，終於重新組裝完成！如此就能更精準搜尋到宇宙重力波，透過重力場在扭曲蟲洞之際，將這裡的聲波傳送到妳所在的磁場……女兒呀，妳就透過這個裝置和我們說話呀！我每天都守在這裡，不斷地切換著頻道尋找妳！」

「……妳老媽昨天又從睡夢中哭醒了，自從妳車禍走了之後，她整個人就像失了魂似地。妳到底收到我們每次傳過去的聲波了嗎？妳聽到我們的聲音了嗎？」

「凌晨兩點二十三分，歐律狄刻掃描到的這個頻道出奇清晰，還不時傳來忽遠忽近的人聲，有時聽起來宛若低沉的呻吟，有時又像是千軍萬馬在遠處嘶喊著，總算才聽出好幾句斷斷續續的語息！是妳嗎？是妳在扭曲的靈界磁場，找到了屬於我們的頻道嗎……」

郎威揚繼續往下捲，日誌上卻只剩一大片空白的格子。他打開了另外幾個文檔，根本沒有那一天之後的任何記事，為什麼李將軍停止寫日誌了？那一天的凌晨兩點二十三分，到底發生了什麼事？

他不死心地重新開啟每一個文檔，企圖從文檔中的隻字片語尋找任何蛛絲馬跡。終於，他發現了一個Ｍｐ４的錄影檔案，影片的存檔日期與時間，就和日誌上所記載最後一筆信息的時間點相當！

他深呼了一口氣戴上耳機，點開了那一個錄影檔案。

那是一段約莫八分鐘的影片，李將軍也許是隨手抓起了桌上的手機或數位相機，錄下了歐律狄刻聲波頻譜上不斷在跳躍的聲紋。剛開始，只有一種低沉的音頻由近至遠，不止息地循環著，聽起來就像從遠空傳來巨大鋼架摩擦與撞擊的沉重回音，悠揚的聲音不止地迴盪著，的確有一種靈界予人的恐怖與詭異感。

「聽得到嗎？聽到的話請回答？Over！」李將軍宏亮的嗓音對著麥克風喊著。

那一頭仍是一陣陣鋼架摩擦與撞擊的回音，卻伴隨著非常微弱的窸窣語息。

「我可以聽到妳的聲音了，是惠琳嗎？是不是惠琳呀！」

李將軍激動的呼喊聲，或許驚動了房裡的妻子，沒多久也聽到她在一旁哭喊的聲音：「小琳，是媽媽呀！心肝寶貝，我想死妳了呀……妳說話……妳說幾句話呀！」

聲波頻譜上的聲紋非常微弱，彷彿是在回應他們的話語。

「訊號非常的微弱，妳說大聲一點呀……」

終於，擴音器裡傳來一陣非常詭異的腔調！

「惠～琳～是～誰？」那是一種既緩慢又沙啞的嗓音，聽不出到底是男或女，甚至有一種男女聲線交疊在一起的發音，語氣又彷彿像是從喉間壓扁著聲線說話，宛若是某種山精鬼魅邪惡的語息：「你～們～為什麼認為我是惠～琳？」

「那不是惠琳的聲音……」李老太顫抖地喃著。

李將軍認為可能是搭到其他國家的無線電頻道，馬上以英文問道：「請問，你那裡的座標位置是哪裡？我這裡是25° 4′0″N, 121° 31′0″E，台灣的台北市……Roger！」

那一陣低沉沙啞的嗓音不知所云地喃喃自語，字字句句卻像是透過喉頭發出，從牙縫間迸出的憤怒。停了好幾秒之後，擴音器內突然傳來一種極度高頻的旋律，然後越來越大聲！

影片中還能看到李將軍握著手機或相機的手，不斷劇烈震動的畫面，身後的李老太也發出驚恐的尖叫聲。就連歐律狄刻主機上的聲波頻譜，也呈現一道道上下頂到框緣的紅色聲紋！

郎威揚的雙眼睜得老大，就在耳膜再也無法承受之際，火速脫下了耳機丟在一旁！那一瞬間，畫面上的歐律狄刻主機也突然迸出了火花，旋即引起一連串的爆破聲，瞬間炸成了碎片！錄影就在那時戛然而止。癱坐在地板上的郎威揚驚魂未甫，雙眼盯著筆電上早已停止的媒體播放器，腦中不斷浮起了許許多多問號。

那是什麼鬼東西？

李將軍到底招喚到什麼妖魔鬼怪？

那些聲音真的是從靈界傳來的嗎？

就像古老傳說中來自陰間的惡魔？
難道，那就是後來他與妻子被虐殺和縫屍的原因？

第八章　閃焰

台北的天空早已不再有白晝與黑夜之分，連續三個星期以來只有一望無際的橘紅色。當年龐貝古城瞬間被維蘇威火山的熔岩覆蓋前，是否也曾出現過這種如地獄般的色調？

當異變的電離層持續浮動著如海市蜃樓的綠光時，許多圓之外城邦的人類都明白，自己的死期應該差不多近了。整個地球的天空也許都搖曳著相同的美麗極光，就像一層層透明的綠色紗簾，如落幕般在空中緩緩地擺動著。當人們讚嘆著那一種絕美景象的同時，也深知在絕美之後，死亡的簾幕即將會披在自己的肉身上，將地表上千千萬萬被遺棄的人類，霎時化成微不足道的灰燼。

巨大耀斑的日冕拋射進入最活躍期，所造成的閃焰爆發與超級太陽風暴，即將摧毀地表的消息確定後，許多人終於放棄了曾經日夜祈禱，期盼奧菲斯之眼會消散的癡心妄想，或是人類將會一如既往，在永無止息的污染與毒害地球之後，都能夠再一次、一次次僥倖逃過大自然的反噬！

終於，過往所有的事不關己與僥倖心態，全都瓦解了。

信義戰後重劃區飄著濃濃的腐臭味，不斷從天而降的屍首支離破碎地散落在大街小巷，那些無法承受軀體將會被超級太陽風暴焚身的渺小人類，仍希望自己能夠死得有尊嚴、死得更壯烈。有些人，選擇了那一幢永遠堅挺的性象徵摩天樓，從早已布滿蔓藤與亂石的戶外觀景台上一躍而下。多麼地果決、多麼地壯觀！如一口濃濃的老痰落在地面後，卻成為無人聞問的惡臭。

有些人，臨死前仍改不了抗議的習性，在早已更名為「三戰紀念場」的廢棄廣場前，對著人去樓空的磚紅色建築物絕食靜坐，抗議早已不存在地表的政府、聯合國或安理會？抗議自己並不是方舟上的勝利組？抗議第三次世界大戰是不公平的？抗議傲骨的我們怎麼可能淪為戰敗國難民？抗議大自然無情的反撲與滅絕？卻壓根子忘了自己曾是污染、毒害這顆星球的一份子。

也有些人，則選擇擁抱著美好的回憶，靜靜地等待大自然將自己的軀殼，以及曾給予我們的美麗星球一一收回。

伍瀞居住的地區早已斷電、斷水，在電動機車無法充電代步的情況下，她只能在攝氏六十多度的台北街頭，背著旅行包走了兩天的路程，才來到淡水的沙崙海灘。那是三戰之前伍瀞與智晏時常來看夕陽的海岸線，她決定要將生命的最後幾天留在這裡。

她在臨水的乾枯灌木叢中，撐開了學生時代留下來的一頂輕便型帳篷，決定要面對著海洋等待死亡的那一刻，儘管原本湛藍的海水也映照著天空濃豔的橙色，或許在潮去潮往的覆蓋下，肉體不至於被烈焰灼燒得太痛苦吧？

反正，早在兩年前極地冰釋出的遠古病毒，所造成一場場的瘟疫，早已帶走了與她相依為命的母親，如今孤苦無依的她，完全沒有任何後顧之憂了。她決定要在時間與空間即將流逝的最後光景，就那麼靜靜地躺在海灘上。

沒有太多的驚恐，

沒有太多的悲憤，

沒有太多的遺憾，

只希望結束時，沒有太大的痛苦，

然而，許多回憶也如迴光返照般快速飛掠。

她還記得智晏即將返美的那一陣子，伍澥仍問著自己——當兩個人各分東西後，是否還有愛情存在？就算仍然殘留在心裡，到底能夠維持多久？智晏上飛機的前一晚，是個上弦月的夏夜，星子稀疏地撒在藍絲絨般的夜空中，他們倆倚在伍澥的臥房窗前，默默無語地欣賞著夜景。

她拾起桌上的一把木梳遞給他，口中漫不經心地說著什麼，目光卻仍停留在遠處萬家燈火的餘暉中：「幫我梳頭吧，頭髮一留長就好難打理，不是分叉就是打結⋯⋯」

伍澥屈著膝背對著智晏坐在木地板上，將雙手和下巴承在膝蓋上，繼續看著落地窗外的景色。他挽起那襲流瀉的烏黑髮絲，輕輕地用木梳一寸一寸為她梳理，腦中完全不知道該說些什麼，只能讓一切沉澱在無聲的世界中。

突然，她的肩膀開始微微地顫著，緩緩地將頭埋進膝間抽泣。

面對伍瀞突如其來的舉動，智晏不知該如何是好，只能用雙手從背後環抱著她，將自己的臉埋在那一片如夜空般漆黑的髮裡，然後安慰地說著：「小瀞，我很快就會回來！只要畢業典禮一結束，我領到文憑後就馬上飛回台北！馬上回到妳身邊！」

她，彷彿沒有聽到智晏的任何話語，只是更猛力抽動著肩膀，然後轉身投進他的懷中使勁地喊著：「你不准忘記我……你不准忘記我喔！」

「我當然不會！我怎麼可能忘得了妳……」他流著淚如囈語般重複著那幾句話，不斷親吻著她沾滿淚痕的臉龐。

空氣彷彿化成了一方巨大的冰塊，將他們倆緊緊地凝結在一起。

智晏凝視著手中緊握的木梳，看著殘留在梳子上的髮絲，慢慢地將它們一根根抽了出來，並且小心翼翼地將它們紮成兩撮小小的髮束，又硬生生從自己的頭上拔下了幾根頭髮，仔細地用它們一圈圈纏繞著伍瀞的髮束，然後打上了好幾個死結。

他將其中一個結髮放在她的掌心上，聲音乾澀地說：「用我的髮纏住妳的髮，從今天起我的心將一直守護著妳，每一圈都是我對妳的思念，每一個結也都代表著我對妳的痴心。當妳看到它時，就如同見到我正在妳身邊……」

伍瀞低頭望著掌中那束結髮良久，雙睫在她紅腫的眼眸上不斷地閃動，才緩緩抬起了頭：

「我相信你會回來，就算世事多變有一天我們無法終身廝守，我也會記得所有你曾經帶給我的快樂，將我對你的愛一直放在……這裡。」

她學智晏捂住了自己的心口，深情地凝視著他，淚水再度從她朦朧的雙眼湧了出來。

那一夜，他們就跪坐在撒滿月光的木地板上擁抱著，手機裡播著那首叫「In My Blood」的歌曲，旋律隨著寧靜的晚風飄散著，遠處的林間飛著泛滿綠光的螢火蟲，他們的思緒彷彿也隨著歌聲與螢火蟲飛向了無垠的夜空。

時間彷彿迫不及待地流動，將他們一步步推向一個不可預知的未來，原本以為只是為了短暫的離別說再見，卻終究演變成了一場戰爭、一場人類的逃亡、一場無止盡的等待。就像兩條平行線不再會有任何交叉點。伍溽曾經天真地相信一切會改觀，哪怕只是零點零零一度的不同，他們那兩條線終會有再交錯的一天。不管那一天將會是多麼地遙遠，她曾經相信自己可以一直等下去。

她的腦海時常會浮起父親拋棄她們母女後的畫面。有時，多情的母親會傻傻地守在門邊，望著陽台外灰濛濛的天空。有時，則會發瘋般地哼著《鷓鴣天．晚日寒鴉一片愁》那幾句：「若教眼底無離恨，不信人間有白頭。腸已斷，淚難收，相思重上小紅樓。情知已被山遮斷，頻倚闌干不自由……」

沒多久，又開始喃喃自語，咒罵著那個不要臉的男人。

曾經有一陣子，伍瀞也像母親那般，瘋魔似地抓起手邊看得到的任何白紙，一次次重複寫著那幾句鷓鴣天，只是想讓密密麻麻的藍色字跡，布滿在每一張紙頭上，就算寫到筆沒水了，換一支後還是會繼續寫下去……

躺在沙灘上的她突然想到了什麼，起身在旅行包中不斷地翻找著。幾秒後，才想到用來寫信給智晏的那本筆記本，前幾天竟然忘在郎威陽的茶几上。她猶豫了幾秒，掏出一支黑色的簽字筆，將旅行包翻到了背面抵在膝蓋上，靜靜地在旅行包的帆布面書寫著——

「心愛的，該怎麼說起？我想，直到這幾天我才終於相信，你我不可能再見面了。我曾經相信今生會與你相遇，是因為我們終於在海灘的碎石堆中，找到了與自己的心契合的另一半石塊，命中應該註定要此生相守的吧？儘管，你我此後相隔於圓之內外，我仍然天真地對未來充滿期許。

直到現在，我才瞭解自己的生命既脆弱且短暫，原來此生只是在海灘等待著被你拾起，僅僅只是為了要與你相遇，然後離別。很快地，我將會在這片沙灘上化為灰燼，或許千百年後會再度凝結為一葉半心石，等待你再一次將我撿起。下一次……請你還是要記得我！

即使明天，我將葬身星海化為塵埃，仍會擁抱你的記憶灰飛煙滅。 伍澣」

她打開掌中緊緊握著的那一束結髮，乾裂的雙唇吃力地綻開微笑凝視了半晌後，才緩緩將手掌合起放在心口上，然後再度躺在帳篷的陰影之下。

透著橘紅色光的台北天空，緩緩搖曳著瑰麗的極光簾幕，映照在她虛弱的臉龐上。泛著鐵鏽色的漲潮海水，也不經意拍打在她的腳趾間，如沫的浪花彷彿正輕輕撫慰著她，陪著她等待地球溫柔的毀滅……

◇◆◇◆

藍玄智順著鬆軟的沙土緩緩滑下七、八米高的坑內，裡面的直徑至少也有五百多米，尾隨在他身後的有田基、小葉與郎威揚。三位研究員的肩上都背著厚重的登山包，看起來就像是要去健行或野營。

這七座位於四獸山附近大小不一的偌大圓坑，聽說是幾個月前在一夜之間突然浮現於山林內，他們一行人正走在最大的那個坑內。有些人認為天坑或許是內星人從地幔打上來的符號，就像他們過往在麥田所繪製的那種「麥田圈」警世圖文。

如今這些天坑圖案，或許只是向被遺棄在地球表面上的次等人類說再見吧！

「我想了好幾天，哪裡才是最適合埋藏時間囊的地點？才終於想到這幾個坑洞，如果這些天坑真的是從地幔打上來的信號，他們或許會有這七個坑洞的座標紀錄吧？那麼總有一天，人類、內星人或外星人會發現天坑內的這顆金屬時間囊。」

藍玄智垂睫：「總還是要將太陽風暴襲擊前，我們曾經企圖螳臂擋車的實驗與研究紀錄留存給後人。甚至，戰後這些年地表上的這一座小島，所曾發生過的各種慘絕人寰的悲劇……」

他一邊說著話，一邊領著其他三位走向天坑的中央，幾個人就在圓心處將沉重的背包卸了下來，從各自的包內取出了工具、組件與物品。在橘紅色的長空下，熱氣不斷地從龜裂的土地上冒出來，他們則各自低著頭，組裝著一只泛著銀色光澤的橢圓形容器。

郎威揚將幾件物品遞給了藍玄智，那是李天應將軍的隨身碟、伍溽的筆記本、大補丸的幾張全家福照片、義工們的訣別書信，與自救隊經手過那些詭異的戰後都市傳說報告，以及那兩起無解的縫屍懸案，郎威揚和周國柱所手寫的兩份調查紀錄。

「當你問起是否有物品想放入時間囊，我當時還沒有任何的頭緒，後來才想到或許也應該把李將軍的隨身碟，和那位看護留在我家的這本筆記本，以及兩宗我們臨死前仍未破解的都市傳說，或縫屍謎案的資料，全都收進時間囊吧！或許，哪一天有人能夠解開那些謎團。」

田基低首轉著幾顆螺帽：「那搞不好會是幾百年後吧？我們現在所遭遇的切膚之痛，或許到了那時候……根本就像世人談起恐龍滅絕時，那般事不關己與不痛不癢了。」

「人類一向的劣根性，不就是對其他萬物與天地的毀滅，永遠都是事不關己與不痛不癢嗎？」小葉喃喃自語。

藍玄智將照片、筆記本與調查紀錄逐一捲成筒狀，放入那只外觀像氧氣筒的容器內，容器內早已放滿福滿壽生前對「異物質」與量子力學理論的許多研究文獻，還有藍玄智和幾位研究員的物換星移實驗報告。

他將自己手寫的那一張名為「Hello from the Children of Planet Earth」的開封文放進去後，田基和小葉就將兩只鋼環箍了起來，旋上許多顆螺絲以鋼環緊緊固定著瓶身，最後才將兩端的拉環用力往內一推，內膽頓時就被抽為真空狀態了。

「這樣應該沒有問題了！至少過了五十年或幾百年後，這顆時間囊出土時，內部的文件與物品應該不至於會氧化或風化掉！」

田基滾了滾沉重的時間囊，瞇著眼觀察瓶身接合處是否都密封了，然後才小心翼翼將它放入剛剛挖好的一個深坑內，幾個人就拿起圓鍬將黃土再度填滿。

「咦，那位大補丸先生怎麼沒和你在一起？」藍玄智揮了揮額頭的汗珠，望了望郎威揚一眼。

「我也不是很清楚，他前幾天莫名其妙將那幾張全家福照片交給我後，就再也沒有回過自救隊當巡邏義工了，看來也和國柱或其他幾位老隊員那樣……人間蒸發了！」

田基安慰地說：「他們或許只是回老家了吧？許多人在臨死前不是都會回歸故里，將最後的時間留給家人嗎？」

「我倒是沒有需要牽掛的後顧之憂！可是你們怎麼也沒將時間留給自己的家人呢？」郎威揚問。

藍玄智跟田基和小葉交換了眼神：「南北極的冰原與冰棚融化後，那些重見天日的古老病毒所造成的瘟疫……家人們早就死的死、癱的癱，更別說會有任何能一起等死的親戚。」

「我要是撐不下去，乾脆也像語菲那樣自我了斷算了！」小葉的表情呆滯，握著圓鍬的手卻仍規律地將黃土覆蓋到坑洞內。

藍玄智吼了出來：「說什麼洩氣話！只要是閃焰和超級太陽風暴還沒來襲，都不應該輕言放棄生命！」

「你們是說那一位女研究員也……走了？」郎威揚沉默了幾秒才道：「上個周末，那個叫伍瀞的看護送來李將軍的隨身碟後，我差人將她忘在我家的筆記本送回去時，她在長照單位的同事也說她不知去向了。」

其實，郎威揚擔心的是當時脫口而出的那番話，是否會導致伍瀞在萬念俱灰之下也想不開了？

許多人對於即將面臨被大自然反噬的因果，就像是被確診罹患絕症的末期病人，從剛開始的否認期——否認人類是造成地球崩壞與氣候變遷的元凶，期待著一切都會雨過天青，卻在經歷一次次痛苦的煎熬後，才進入憤恨期、抑鬱期、妥協期，最後接受了死亡的命運。

郎威揚幾乎每個夜晚都在夢境中，不斷與妻子及雙胞胎兒子相聚又分離，那種一家人實實在在擁抱過的體溫，總令他懷疑自己怎麼可能是精神錯亂？無論是「三戰後心理綜合症」或「被遺棄症候群」的創傷後壓力，怎麼可能帶給他那麼真切的肢體感受？以及對妻小如此鉅細靡遺的生命記憶？

那些夢境讓他每一個清晨醒來後，一次次陷入意圖自殘或自殺的莫比烏斯環，儘管他一再剪開卻仍是緊緊相連的環狀！就像伍瀞形容的那一座空穴來風雕塑，有些人悲傷、憤怒、倉皇或傻笑，有些人則是虔誠的泰然自若、甘之如飴地迎接死亡。

夜晚九點多，天空依然宛若失火般映著濃烈的橘紅，分不清天際線上的那些污濁是雲斑或霧霾，而螢綠的半透明極光更蔓延至整個天際，宛若死神的衣角緩緩在地獄之火中搖曳著。

這一片天坑的黃土地上也泛著橙紅，伴隨著地面的熱氣將地平線蒙上一層搖晃的虛影。遠方如真空狀態早已無聲無息，不再有人們如活屍般發狂的喧囂與嘶吼的哭泣聲，整個城市就像是隆冬將至、冰雪暴欲來襲前的那一種寧靜。

「會不會就是今晚？」郎威揚累得倒在黃土地上，望著如岩漿般湧動的天色。

「快了吧……我們即將從地球表面被抹除掉……」小葉的語息帶著點哭腔。

藍玄智凝視著鼓脹的雲層，沉默了幾秒才道：「郎先生剛才提到，其中一個隨身碟是那位李將軍的遺物？你已經看過裡面的檔案了嗎？」
「嗯，是那一套通訊裝置的研究報告、實驗紀錄與心得日誌。」
「你是說，李將軍真的研發出可以與靈界死者通訊的神祕裝置！」
「我不確定那到底是不是靈界？就算真的研發出來……如今也已經不存在了。」
藍玄智並不是挺瞭解郎威揚的話：「那麼說，你已經知道那一項通訊工程所運用的理論？」
「我想應該是透過他研發的歐律狄刻主機，來搜尋隱藏於我們周遭的大小重力波，尤其是偵測到重力場正在扭曲兩個蟲洞之際，便將聲波傳送到另一端的異度空間，他認為那種吸附人類靈體電波的巨大磁場，就是人們所說的靈界或陰間，也是他企圖與死後的國度通訊的方式。」
原本癱坐在黃土上的藍玄智，聽完郎威揚的話之後，雙眼霎時越睜越大，這些日子所聽聞的許多末世都市傳說，在他腦中彷彿如通透的水晶般，全都串連在一起……
就在那一剎那。
原本橘紅色的天與地霎時轉變為艷黃色，濃密的雲層中也迅速穿出千百道的光束，一顆顆如流星般發光的火球，緩緩撒落在高低不平的地球表面上，也射向台北盆地早已如廢墟般的高樓大廈之間，擊潰那些曾經拔地而起的堅挺摩天建築物，一切就那麼如慢動作般一一坍塌了下來。
就像過往物理學家們的預言，當巨大耀斑的日冕拋射吐出的閃焰襲擊地球之前，太陽風暴的瞬間氣壓也會夾帶著隕石、小星體、人造衛星，以及漂流在地球軌道上的太空垃圾拉入大氣層內，它們猶如從天而降的千萬顆火球，穿過大氣層摧毀地表上的一切。隨之，攝氏六千至一萬多度的閃焰，也旋即吞噬掉地球表面上的一切。

幾顆巨大的火球打在另外幾個天坑內，捲起了漫天的野火，瞬間的衝擊力道揚起了強烈的颶風，滿天的飛沙走石剎那間遮蔽了混沌的天空。

小葉緊抱著身旁的大石塊，驚聲尖叫地哭喊著，聲音聽起來是那麼地遙遠。田基看著他即將被捲走的身子，馬上撲了過去用力地揪住小葉的夾克與背包。

最後才終於撐不下去，聲嘶力竭地吼著什麼之後，就瞬間被席捲而去。

藍玄智的天靈蓋突然泛起一陣前所未有的舒麻感，腦中彷彿頓時參透了那些解不開的生命謎團，但是許多世事對他們來說，卻又早已無濟於事了！

他在風沙中朝著其他人呼喊著，伸手不見五指的沙塵之中，卻沒有任何人回應他，就連郎威揚也不再發出任何嘶吼聲？或許，就在那一瞬間，他們早已化為閃焰之中的灰燼了，只剩下殘留在焦黑中的某種短暫精神意識，不知情地在風中奮力狂吼著。

被孤立在地球表面上的他們，對毀滅時烈焰焚身的驚恐、煎熬與磨難，終於解脫了！

原來，面對大自然反噬與收回之際，

竟如彈指那般快速，

甚至感覺不到任何劇烈的痛苦。
只有全身如電流般，滿溢著一股愉悅與舒暢……

十年後

圓之內篇

第一章　重啟

太陽風暴衝擊地球表面十年後，巨大耀斑消散的第六年，曾經如永晝般的橙黃色天空，與充滿螢綠極光的異常電離層，逐漸回到了晝夜循環的規律，日月星辰也恢復了過往的天體景象。

圓之內城邦的人類走出了地殼，重新回到空氣截然不同的地球表面。有些人抱著背井離鄉後的思念情懷；有些人帶著遺棄家國故土的罪惡感；有些人對耀斑閃焰的疑慮仍忐忑不安；更有許多人眷戀於地幔與地心海之下，那一座輝煌的內星世界。

對於曾經在圓之內被收容的人類而言，那些曾遁世消失於地表的高智慧民族與王朝，是拯救人類免於奧菲斯之眼的救星；對於在圓之外被遺棄的人類而言，內星人的仁慈與善意卻是挑起第三次世界大戰的元凶，將貪婪的地表人類分化為圓之內外的始作俑者。

內星人開啟了世界各地通往地面的出入口，那些傳說中位於南極、北極、亞馬遜叢林或百慕達三角洲的坑道，就在地幔內所有人類回歸地表之後，一座座的通道或軌道也再度關閉起來，彷彿回到過往幾百年以來，與地表人類完全隔離的狀態。

或許，他們只是希望原本屬於地球表面的生物回歸自己的世界，一如既往只是默默地觀察與守護。抑或，經歷地表人類在地幔內的那十年，已經看清了他們自私與狂妄的劣根性。

就在地幔移民計畫宣告終止時，當年被稱為是圓之內城邦的大大小小戰勝國，終於重回那個與印象中早已截然不同的地球表面，開始尋找多年來未曾聞問的人事物。

亦婠被父母帶進圓之內城邦時，還是個在澳洲讀小學的小女孩，如今重回地面後已是個二十多歲的系統工程師。她與許多三戰後的圓之內兒童一樣，在內星政府所提供的地幔空間特區內長大，戰勝國從地殼表面帶進地幔內來的科技、能源、商業、經濟、文化或教育，繼續在圓之內城邦進步發展，也讓他們那一代在適應了地幔內的生態後，過著完全沒有天災威脅的生活，甚至平步青雲接受教育與立業成家。

她對童年時地球表面的生態，已經沒有太深刻的印象了，只記得許多城市的上方都有一片很高很高的簾幕，有時是藍色，有時是灰色，有時則是橙黃或粉紅，也有時還掛著五顏六色的晚霞或雲彩，她記得那種簾幕叫做天空。

亦婠比較熟悉的是懸浮在地幔頂層，那一大片永遠是水藍色的地心海，當上下顛倒的海面上泛起濃霧時，看起來還蠻像她印象中的雲彩。不過，伴隨著那種霧氣卻會飄下一種螺旋狀的水絲，打在傘上則是楓糖般濃稠的透明流體，還帶著點高鹽的礦物質氣味。

有人說那是所謂的「諾亞之水」，也就是上古時期諾亞所經歷過，淹沒整個地球的末日大洪水，據說那種液體的金屬礦物質是一般水的十二倍，日積月累滲入地殼下填滿了地幔之間的溶洞，成為懸浮於圓之內城邦上空的地心海。

許多進入圓之內的地質專家們也才確定，原來地球表面下並不是只有地殼、地幔、外地核與內地核的粗略結構！地殼下的地幔空間其實宛如層層疊疊的千層派，每一層都充滿著千萬個巨大的溶洞，有些溶洞的幅員甚至比地表上一個州或省還要大！

剛剛進入地幔內生活時，她還不太相信高掛在城市上方是一片汪洋的地心海，直到高中畢業旅行時，她和同學們才搭上熱氣空中巴士，從他們所居住的溶洞「下部地函」，穿越到「上部地函」頂層翱翔於地心海的水面上。

霎時，原本巴士車頂上用來滑翔於空中的熱氣舨，接觸到高掛於空的地心海水平面後，竟然宛如水上噴射艇般成了高速滑水板！那種在上下顛倒的海面滑水的體驗，令她終於相信的確不是童年印象中地表上的那種天空。

亦媗在座位上仰望著巴士的透明車頂，還能欣賞到海水中有鯨豚在波浪中跟在兩側沉潛與跳躍，她想像著這一望無際的地心海，是否與地表上的太平洋或大西洋有相連的海層峽谷？那麼對這些水中的生物而言，根本就沒有所謂的圓之內或圓之外吧？

那一片廣大遼闊的地心海永遠是清透的湛藍色，聽說是從地核所透出的強烈光線，在地幔的溶洞空間內折射到懸浮於空的海水中。因此，無論任何時間仰望地心海時，它都是一望無際的晴空萬里。從地表上移居圓之內的地質學家或物理學家，才終於打破地表人類過往的推斷，瞭解這一顆星球其實就像是挖空的南瓜燈，地心中的外核與內核彷彿就是地幔空間的小太陽。

年少時，亦媗並不是挺清楚為什麼會移居到地殼之下，只記得從小到大父母都說要感謝內星政府救了人類。聽說那已經不是內星人第一次拯救地表人類了，只不過亦媗或大部分的圓之內人民，很少有機會接觸到所謂的內星人，頂多在電視上見過內星政府的某些官員，出席圓之內城邦的慶典或高峰會議。

他們與地表人類畢竟有著相似的遠古血源，在外觀上幾乎沒有太大的不同，語言溝通上也沒有什麼障礙，頂多是白皙的皮膚上閃著些許藍色的光澤，聽說那是因為經歷世世代代的飲食中，攝取了大量的稀有礦物質而致，淺藍色的光澤也為他們增添了一抹高貴不可侵的氣質。

內星政府與圓之內是兩個完全獨立的區域，圓之內充其量就像內星政府的一個小小特區，一個面積與地表上的非洲差不多大小，卻收容著地球表面所有戰勝國的流亡移民。也許，在他們高潔與慈悲的藍色光澤下，圓之內城邦充其量不過是一座收容地表人類的難民營吧？

就在圓之內城邦與內星政府多次的開會協議，以及內星政府發射的人造衛星所傳回的地球表面現況，當年的地幔移民計畫終於確定終結。那些離鄉十年多的地表人類，一批批搭上穿越重重地幔與地殼的穿梭列車，回到了久違的地球表面。

然而，一個多月後，就聽聞所有通往地殼內部的出入口與軌道，全部在一夜之間被封閉或消失了。讓許多人有一種被逐出伊甸園的錯愕感，如螻蟻般回到過往被自己糟蹋的地球表面，繼續過著爭權奪利的自私生活。

亦媗還記得第一次踏上地表時，還需要靠著氧氣瓶維持體力，畢竟從她居住多年的下部地函一下子衝出上部地函與地殼，回到許久未曾生活的「高海拔」環境，許多高地綜合症的噁心、嘔吐、頭昏或全身無力的高原反應，也出現在許多三戰後年輕世代的身上。

她比起許多人幸運，大約四、五天後就逐漸適應，聽說有些在圓之內出生長大的孩童，回到地面後無法適應所謂的海拔狀態，而罹患了肺水腫或腦水腫死亡。

亦媗與父母及家族的許多親戚，是從澳洲烏盧魯附近的通道重回地表，當時地面上並沒有任何交通工具，他們只能跟隨宛若非洲動物大遷徙的隊伍，在內陸停停走走了許多天，才輾轉回到了童年時居住的阿得雷德市。

直到那時她才知道，奧菲斯之眼最劇烈的那一波閃焰，並沒有直接衝擊到整個地球表面，攝氏上萬度的超級太陽風暴大多落在北半球，聽說俄羅斯、加拿大與美國北部都遭受嚴重侵襲，西伯利亞冰原、哥倫比亞冰原、阿薩巴斯卡冰川、洛磯山脈與黃石國家公園……早已被太陽風暴瞬間夷為焦紅沙丘。

南半球的澳洲、紐西蘭或部分亞洲國家，雖然沒有直接受到波擊，但太陽風暴所帶來的電磁脈衝，卻將所有僅剩的能源、電力、網路與電子設備完全摧毀，進入了人類前所未有的黑暗期。

當亦媗的父母得知遠在太平洋邊緣的故鄉——台灣，同樣沒有遭到太陽風暴毀滅時，他們的內心激動不已！卻因為回歸地表初期，世界各地的交通或運輸工具尚未恢復運作，讓父母返鄉探親的願望一再拖延。

他們的內心也和許多背井離鄉的移民家庭相同，在三戰後得知遙遠的家鄉淪為戰敗國，自己卻因為僑居國家成為戰勝國，而幸運進入了圓之內躲避那一場天災人禍，那種將家鄉長輩拋棄在地球表面等待死亡的糾結，十年來不斷煎熬著許多在圓之內避難的為人子女。

亦媗記得小時候每一年暑假都會回台灣，住在祖父與祖母位於台北近郊的山區別墅，那些在小丘陵的山野生活，是童年記憶中比較清晰的時光。有好幾個清晨起床後，祖母會拉著她到二樓的露台享用早餐，從樹影與山嵐之間能夠遠眺到台北盆地，尤其是山腳下高樓林立的信義區。

在曙光之中朦朧的夜霧漸漸退散後，遠方的雲朵也從魚肚白、奶油黃，瞬間變幻為鮭魚卵般的耀眼金黃色，將台北一〇一大樓鑲上了一圈金邊。那一片如藍絲絨的天空，也如甦醒的巨人般跟著通透了起來，從靛藍、湛藍，逐漸漂成了淡淡的水藍色。

祖母在她的腦海中也是那種水藍色，銀白的髮絲下有一張素雅的巴掌臉，不但眼尾和前額沒什麼皺紋，就連雙頰也常透著些許嫩紅。六十開來的祖母說話總是不疾不徐，做起事來也是慢條斯理的態度，彷彿天底下沒什麼事需要急就章。

她或許覺得小孫女在國外受教育，沒有什麼機會接觸到中國文學，每一次亦媗回台灣過暑假時，祖母總會告訴她許多沒聽過的古典愛情故事。她印象中還有一本叫《金陵十二釵正冊》的仿作，裡面畫了許多雍容華貴的清裝仕女圖，祖母曾經翻著畫片上的女子一一介紹。

「林黛玉、薛寶釵、賈元春、賈探春、史湘雲、妙玉……都是正冊中的十二釵，『釵』這個字在古時候是指女兒。我上次不是說過《紅樓夢》裡有一位警幻仙子，她曾說過正冊中的金陵十二釵，其實是指『金陵省』排行最薄命的十二位女子，還有次薄命的副冊與再次薄命的又副冊……」

當時才小五的亦媗睜大了眼睛，興奮地問：「中國古時候就有『精靈省』呀？是像《魔戒》或《哈利波特》裡的那種精靈嗎？那麼警幻仙子……也是從那裡飛出來的精靈嗎？」

祖母聽完她的童言童言，噗哧地大笑了出來，不過並沒有糾正小孫女天馬行空的想像空間。亦媗曾經聽父親提及，祖母是台灣非常知名的「紅學」考證派研究者，一輩子都沉迷於考證曹雪芹、賈寶玉與金陵十二釵，雖然她從沒機會讀到那一本經典文學，倒是在祖母的耳濡目染之下對那些名字不陌生。

她對祖父的印象並不如祖母那般深刻，不過每一次父親在澳洲將她送上飛機後，抵達台灣時都是祖父守在桃園國際機場接機，還會在車上準備了她最愛喝的珍珠奶茶和小零嘴！亦媗知道祖父非常疼愛她，只不過熱愛工作的他雖然早已可退休了，每天卻還是窩在某所大學的研究所當指導教授！

她小時候還懵懵懂懂不清楚祖父研究什麼，直到在圓之內上大學時，才明白自己的祖父竟然是許多專家學者推崇的物理學家——福滿壽博士！

那個遙遠的城市，曾經有著童年時每個暑假的盛夏回憶、寵愛她的祖父與祖母，還有水藍色天空下晨霧未散的台北盆地！這麼多年之後，一切還會像三戰之前那般美好嗎？祖父母躲過了太陽風暴的災難後，是否已經平安無事了？

聽說，許多人回到曾是戰敗國的家鄉尋訪親人時，常被眼前一幕幕無法置信的場面所震驚。對於從圓之內回歸南半球戰勝國的居民而言，自己的都市或城鎮頂多如空城廢墟那般，輕者是蒙塵破舊或斷垣殘壁，嚴重者則是被土石淹沒或夷為平地了。

然而再怎麼淒涼悲慘，也比不上曾經被遺棄在地表上等死的圓之外人民，與他們所死守過的戰敗國土，充滿著亂世與末日前所遺留下的絕望、爭奪與恐懼的場景，那些自相殘殺或自我了斷的遍地橫屍，許多年後早已化為荒城廢街上隨處可見堆積如山的枯骨。

亦婠的父親得知那些駭人聽聞的消息後，一個人窩在書房內足不出戶許多日。他們從圓之內回到地表生活已經三年了，在焦急的等待中卻回不了那個日思夜想的小島，也從未聽過有任何人尋找到曾經被他們遺棄的親人。

這三年多來，有些先進國家逐漸恢復了重要都市的能源、電力與網路，但是要回到三戰之前科技發達、歌舞昇平的繁榮景象，還有非常漫長的一段距離。大部分國家對自己國內的滿目瘡痍早已接應不暇，更遑論有時間或精力出兵援救其他國家，尤其是曾經被他們稱為圓之外城邦，如今卻宛若鬼域的戰敗國。

那些三戰前幸運躲進圓之內城邦，但是故鄉卻是在非洲、東亞、東南亞或中南美洲的遊子們，只能靠著民間團體自發性的救援，進入許多人所不願意深入探訪的異域。亦媗為了紓解父親心頭的擔憂，遂投入亞裔慈善組織所發起的「白十字青年團」，與許多年輕人遠赴當年的戰敗國展開救援，她所選擇的就是祖父母所在的台灣。

經過三個月的救援與求生訓練，她與多位澳洲當地的亞裔青年義工，搭上了運輸機途經多個國家又徵集了上百名的亞裔青年團後，便飛往他們將在亞洲服務的幾個據點。

她從來沒有想過，那也是一場奇異旅程的起點。

雪，猶如一片片白色的野薑花瓣，在伸手不見五指的黑暗中，泛著淺淺的藍光飄了下來，落在地面時卻像肥皂泡那般綻成了水分子。

他不知道自己為什麼會在這裡？

眼前突然浮出的人影握了握他的手，微笑地說：「那麼，我過幾天就不去送機了，不然肯定會哭得唏哩嘩啦，我們就在這裡說再見吧！智晏，再見了……你要好好保重自己喔！」

他就那麼傻傻地望著她，看著她道別後轉身而去，然後緩緩地融入無邊的黑暗之中。她離開時留下的那兩排深刻的足跡，清晰地橫在兩人之間的那片雪地上，就像橫在兩人心中的兩條平行線。他抬起頭看著她的背影，終於大聲喊了出來——

「伍澥，我錯了！求求妳，我不想再離開妳了……」

智晏對著那個背影在風雪中瘋狂地喊著。她突然停下了腳步站在遠處，並沒有回過身來，只是維持著背對他的姿勢，靜止在那一場朦朧的飄雪之中。好幾秒之後，才又提起了腳步，頭也不回地繼續往前走，逐漸消失在降雪的幽暗之中。

他不顧一切邁開了步伐，朝著她的方向使勁跑了過去，腳印踏過她留在雪地上那兩排長長的足跡，然後一步步循著她走過的路狂奔著、嘶吼著。

雪，仍然不停地飄下來，慢慢地將黑色的空間用白雪覆蓋起來，彷彿正在將一切化成記憶中鋪滿星砂的海灘，也把所有痛苦的回憶凝結為一片真空的寧靜。智晏激動地跪倒在地上，雙手撐在雪地上無助地抽泣著，當他眨著雙睫仔細端詳落在地上的飄雪時，才驚覺那些並不是雪……而是一片片飛揚的星火灰燼，宛如火山爆發後所飄下來那種如骨灰般的粉屑。

他頓時從睡夢中彈了起來，睜著恐懼的朦朧雙眼，雙手撐在書桌上不由自主地顫抖著。

晚風溫柔地吹拂過窗邊，撩動著紗簾如輕舞般曼妙，那盞未眠的燭火仍然散著暈黃的光線。原本趴在書桌上打盹的智晏，驚醒後才發現原來只是一場夢。他發呆了半晌，才又繼續翻著案台上那本陳舊的相簿，仔仔細細看著每一張泛著黃斑的相片。

他無法相信那些在腦海中依然鮮明如昨的記憶，在相片裡居然是如此的模糊與殘舊，就像狠狠地提醒著他那已經是十多年前的過眼雲煙了。看著相片裡那個神采飛揚的單車男子，他感嘆時間的漩渦已將那個人永遠捲噬而去了，只殘留下那縷靈魂還活在這一副行屍走肉的軀殼內。

智晏真的不敢再去回想，緩緩將相簿闔了起來放回身後的書櫃裡，霎時一只泛黃的航空信封從相簿裡落了下來，他拾了起來輕輕將它拆了開，然後瞇著眼往信封內端詳，才看見一疊寫著字的皺摺紙頭，便迅速將它們從信封裡抽了出來。

終於，他又見到伍瀞的筆跡瘋狂地在紙上飛舞著，淺藍色的字體密密麻麻鋪滿了每一張紙頭，重複地寫著「若教眼底無離恨，不信人間有白頭……」。

他吃力地認著那幾個中文字，激動地流下了眼淚，淚水劃過了布滿滄桑的臉上，不經意滴在皺摺的紙頭上。那麼多年以來，他一直以為完全失去的人事物，原來還留在這裡靜靜地躺在相簿的夾層內，就像那些封塵的記憶片段，原來還深深藏在心靈的底層。

他怎麼可能拋得下那一段段心折的過往；又怎麼可能忘得了那個唯一愛過的女子。

在圓之內的那些年，是他生命中的最低潮，他曾經認為當初伍瀞說的那些話或許並沒有錯，當兩個人從此各分東西之後，是否還有所謂永遠的愛情存在？就算仍然殘留在心底，到底又能夠維持多久？

從他搭機離開台灣的那一天起，他也曾懷疑地問自己，他們倆真的就會那麼平平順順走下去嗎？自己真的可以說服遠在美國的長輩，飛離父母的寵愛回到台灣立業成家？要是他真的回不去，伍瀞會傻傻地將自己放在心上嗎？還是就那麼漸漸將他淡忘掉？

搭機返美的前一晚，伍瀞與她母親準備了簡單的晚餐為智晏送行，那也是他第一次見到伍瀞口中的那位老媽。一張素雅白皙的臉龐，襯著梳得一絲不苟的短髮與溫柔婉約的舉止，壓根子看不出是個能扯著嗓門叫賣的女子。在那副慈眉善目的笑容中，也感覺不到任何隱藏在她內心的傷痛。

餐桌上的五菜一湯全是她親手料理的台灣家常菜，她夾起了一塊滷得黑亮的焢肉放進智晏的碗內：「你不要客氣多吃一點呀！要不然回美國後就吃不到台灣的焢肉、滷味、炸雞排或鹽酥雞了喔！」

伍瀞用手肘碰了一下身旁碎碎唸的母親：「人家洛杉磯現在什麼台灣美食都有了啦，況且他這個假老外根本只喜歡漢堡和披薩而已！」。

智晏漲紅的臉鼓著圓滾滾的眼睛：「哪有呀！美國那邊的台灣美食沒有伯母的道地！這焢肉還蠻下飯的，比披薩好吃幾百倍呢！」語畢，還馬上扒了好幾口飯。

看著伍瀞那張五官和母親神似的臉孔，有著相同的薄唇牽著微微上揚的嘴角；修長而翹挺的鼻尖藏著些許孤傲感；而那雙深邃的眼眸中，彷彿閃動著凡人所聽不懂得語言。如此相似的兩張面容，他卻不希望伍瀞也會經歷母親所承受過的種種，總冀望自己就是她生命裡那個改變命運的使者。

然而，他卻背叛了她，就像那些不可一世的戰勝國，將無力抗拒的所有小國家遺棄在地球表面上……物競天擇。那個曾經信誓旦旦會永遠守護在伍瀞身旁的他，卻完全無力改變一切，就那麼將她拋棄在圓之外自生自滅。

十年後，他總算回到這一座幾乎見不到生命的空城，回到伍瀞與她母親曾經居住的這間小公寓內，佇立在他們曾經互相許下承諾的落地窗前，卻徒留昏暗中蒙塵的簡陋家具，與爬滿黴黑污漬的牆面與天花板，絲毫無法端倪出伍瀞曾經在這裡生活過的痕跡。

他環顧著窗外沒有一絲燈光的陰森台北，只有皎潔的月色映照在一幢幢布滿污泥、水漬與不知名蔓藤的高樓大廈上。原本曾是萬家燈火大大小小的窗口，如今卻恍如一雙雙深邃的黑色瞳孔，互相凝視著斷垣殘壁的自己，也冷冷地盯著這扇唯一透著燭光的落地窗。

就在那一瞬間，遠處其中一棟高樓的牆面上，突然閃過一道模糊的黑影。

不，是兩道或三道黑影攀爬於外牆壁面上，看起來就像是徒手攀岩的高手，跳躍於錯綜複雜的樓層間，但是速度之敏捷與快速，恍若某種巨大的節肢動物……

第二章　襲人

亦媗的一頭長髮結成了兩個俐落的髮髻，鼻頭上罩著小巧的空氣濾淨器，身上穿著一套古銅光澤的連身隔離衣，腳上則套著一雙厚底的軍用長筒靴，一副標準白十字青年團的勁裝配備。這是她隨著近百位團員抵達台北救援據點的第三日，在時差都還沒完全適應之前，就迫不及待想飛奔至童年印象中，祖父母所居住的那一幢山間別墅一探究竟。

她聽聞幾位比較資深的團員提及，這半年以來還沒在這一座島上發現任何倖存者，初步估計或許是氣候變遷後南北極冰融，一波波遠古病毒造成的大瘟疫，血洗了地球表面上的人類；也或許是群聚傳染或自相殘殺的難民們，最終紛紛躲進中央山脈的密林之中，從此隱居於遠離瘟疫死城的山野之中。

團部中心並不是很肯定，亦媗所提出申請要搜查的台北盆地東面，象山周圍的山林別墅是否會有隱居的人跡？但是在亦媗堅持要查訪的要求下，還是派了一位資深的男性團員同行，聽說對方三戰前曾在台北東區居住過，估計或許能為她節省一些找路的時間。

當他們搭上救援用的悍馬車時，亦媗才第一次在光天化日下看到了如今的台北，那個她童年時每年都會飛回來過暑假的城市，曾經五光十色的購物商圈、繽紛亮麗的夢幻櫥窗、琳瑯滿目的新奇商家，以及色香味俱全的夜市……所有曾經屬於她與祖父母的美好時光。

如今卻成了滿目瘡痍的衰敗空城，過往的街道與柏油路不復見，放眼望去盡是顛簸的黃土或巨石，曾經的民宅或樓廈全都成了殘磚碎瓦，高架橋或快速道路也成了斷井頹垣，過往繁華的景象彷彿瞬間被排山倒海的沙土與落石搗碎了！

悍馬車在早已荒蕪的吳興街底將他們放下，因為亦媗印象中通往山莊的那一條上坡路，早已被亂石、土壑與枯木淹沒了。他們只能在原本私家房車進出的大道上披荊斬棘，靠著開山刀闢出一條上山的臨時小路。

那一位與她同行的資深團員叫丁智晏，一邊揮著刀劈開前方的樹枝或蔓藤，還一邊叮嚀著她往踏實的路面上走。聽說他也是從小在國外長大的台灣孩子，和亦媗一樣回到這片土地上尋找自己的奶奶、姑姑與女朋友，但是經歷了許多個月卻沒有尋獲任何親人。

許多返台尋親的白十字青年團義工，全都心知肚明，他們在各地廢墟中清理出來一批批曝屍的枯骨，有些或許根本就是與自己有血緣關係的親人。只不過，在各國慈善單位資助的先進科學鑑識器材被送抵台灣之前，一具具被遺棄十多年的遺骨，全都得收納在那些巨大的臨時貨櫃中，暫時被當成無名屍那般看待。

打從父親陪著亦媗報名青年團的那一天起，她始終對祖父母的存活抱持著極大的希望。直到現在，當智晏領著她穿越記憶中那道曾經金碧輝煌的鏤花銅門後，她看到原本處處綠意盎然、白牆紅瓦的花園洋房，如今整片山頭卻成了坍塌的房舍與亂石，讓她整顆心也跟著碎了。

她指了指右前方迂迴的山路：「我記得下一條路就是祖父母住的水雲街！」

「妳難道真認為經歷三戰後十多年，兩位老人家還可能……住在那裡面嗎？」智晏本來想說的是，兩位老人家還可能活著嗎？不過又將話吞了回去。

「無論如何，我必須找到那一幢洋房！回到祖父母的家！或許能夠找到任何蛛絲馬跡，知道他們後來去了哪裡！難道，你不想知道自己的親人到底在哪裡避難嗎？」

智晏撇開了臉，沉默了幾秒後才說：「幾個月前，我回到四平街找到我姑姑那一棟早已歪斜倒塌的公寓樓，一個人爬了進去憑著印象摸索到她們的樓層與門號，沒多久……就在奶奶的房間發現兩具蜷伏在一起的枯骨。」

「對不起，我不是有意的……」

「對不起什麼？人又不是妳殺的。」他從鼻孔哼了個氣音：「我想太陽風暴來襲時，儘管烈焰並沒有直接撲向南半球，可是那種天搖地動的連鎖效應，肯定讓奶奶和姑姑在驚嚇中無助地抱在一起等死。抑或，在乾旱或瘟疫的糧食與水源短缺期間，她們就已經被活活餓死在家中無人聞問……」

他哀傷的目光中閃過一絲憤怒，一種對生命無常的憤怒。

亦媗的腦海中霎時閃過許許多多畫面，被遺棄在地球表面上的祖父母千百種的死法！當她在地幔中的圓之內無憂無慮成長時，他們或許正在地殼表面痛不欲生地活著，她與父母卻完全無從得知。

不，是整個圓之內城邦的當局者，根本不想去得知與深究，畢竟他們自以為是物競天擇的三戰或地幔移民計畫，充其量只是強國之間的人為操作。就像埃爾溫・薛丁格的假想實驗，被遺棄於地表上的人類之於「薛丁格的貓」，他們同樣面臨過50％的存活機率。地幔內的人類只要昧著良心一天不去面對，地表上如行屍走肉的人類，就像是那一頭50％機率……算死又算活的貓！

或許，內星政府早就看透人類排除異己，與自相殘殺的劣根性，最終才會決議讓當年的圓之內城邦重新回歸地球表面，去面對十年後地表上那一頭算死又算活的貓！

「水雲街五十八號……」

亦媗突然停下腳步，杵在一根歪斜的石柱前，上面鑲著一片熟悉的藍色門牌，順著石柱的方向往後眺望，則是一幢屋頂掀開一大半的破舊兩層樓洋房。她根本顧不得那到底是不是危樓，早已三步當兩步衝了進去，因為那就是她童年時印象中祖父母的家，只不過荒涼的景象卻讓她心酸。

她激動地朝屋子裡喊著祖父母，但是又想起剛才智晏說過的話，兩位老人家怎麼可能還住在裡面？她繞到早已布滿亂石的後花園，杵在破碎的玻璃拉門前望著起居室，室內空間竟然長滿了及腰的雜草！

正當她還想衝進去時，智晏馬上將她往後拉了一把：「小心有蛇！」隨之跨到她前方不斷用開山刀揮向草叢，也順勢割去了阻在前方的雜草和橫在舊家具上的蜘蛛網。

亦媗在他身後示意要往左前方走廊的方向走，她記得從那裡轉進去之後就是主臥室和浴室！不過，他們才一走進去，就發現雜草叢生的走廊盡頭，竟然有一具面壁的人形機器倒在一旁，橢圓形的金屬頭部抵在牆上，那一雙如眼眶般的ＬＥＤ螢幕也蒙著厚厚的沙土。他們朝主臥室的門口望去，有兩張大床、長櫃和五斗櫃上早已長滿了不之名的植物與蕈類，天花板的一角也墮了下來，底下還壓著好幾根生鏽的巨大筒狀物體。

「這些是機器看護和機械手臂嗎？」智晏問。

亦媗搖搖頭：「我也不太確定，或許是三戰之後祖父的實驗器材吧？」

然後，他們倆的視線都停在未坍塌的那一大片天花板和幾面牆壁上，儘管上面的粉刷早已斑駁不堪，仍可清晰分辨出許多赤足的腳印和手印，一路延伸到走廊與起居室的天花板和牆面。

她彎腰用手掌掃了掃身旁那具機器看護的板金，雖然已經布滿沙塵與泥斑，仍分辨得出底下是雪白的金屬材質，只不過上面卻濺滿許多褐色斑點？亦媗馬上衝進主臥室內，撥開那幾根巨大筒狀上的雜草與砂土，才發現每個筒狀的前緣都有著如鳥喙般的金屬鉗，上面全都布滿深褐色的噴濺痕跡與手印或抓痕。

亦媗的瞳孔突然散大，皺著眉望向智晏：「你覺得這些是血跡嗎？」

他蹲了下來仔細端詳了幾秒，然後伸手到腰際上那只帆布包內，取出了一只小巧的試管刮下些許噴濺斑點上的粉末：「我們現在連個血液試紙都沒有，要等那一批科學鑑識器材運來後，才能進行化驗。」

她搖搖頭露出一種難以置信的表情，摸索到了那幾根機械手臂的主機，發現裡面的硬碟、記憶體與零件早已被拔光或損毀！才又轉身走到那一台人形機器看護前，翻來轉去觀察良久並將它拖到戶外比較明亮的地方，然後一屁股坐在只剩下磚座的涼亭中，擦拭與拆解著眼前的機器。

智晏跟了上去莫名其妙地盯著她，亦媗那才回答：「沒聽說過我是系統工程師嗎？從小也是個肢解洋娃娃的高手！」

終於，她找到了機器看護身上輸入與輸出埠的背蓋，掀開後瞄了兩眼便從後背包取出一只小巧的筆電與行動電源，分別插進了傳輸埠與充電埠，竟然順利進入充電狀態。她打開筆電上的同步程式，思索著能夠與那一具機器溝通的方式！

就那麼折騰了二十多分鐘後，眼前的那部機器竟然發出了某種開機樂聲，那一雙如眼眶般的LED螢幕也亮了起來！它的身體雖然躺在地上，雙臂卻緩緩舉了起來……

「（噢～睡得真舒服呀！）」那是一種少女般甜美的嗓音。

亦媗得意地揚了揚眉，手指繼續輸入一串串的語法，也同時問道：「我是福亦媗，福滿壽博士的孫女，請問妳的機器代號是什麼？」

少女的聲線沒有絲毫猶豫，馬上開心地回答了一大串：「（我的代號是花襲人！喔，福博士有將亦媗姐姐的資料記錄在ＡＩ資料庫中，妳最喜歡看的卡通是佩佩豬，最愛喝珍珠奶茶，最喜歡的零嘴是水饅頭、草莓大福、義美小泡芙……夫人常說我的聲音和妳小時候很像呢！）」

「襲人？賈寶玉的第一大丫鬟——花襲人？」

她驚訝地喃著，望著眼前躺在磚座上的人形機器看護，腦中卻浮起童年時祖母一邊說著故事，一邊翻閱《紅樓夢》那幾本書中書仕女圖的仿作！她記得襲人，原名珍珠，是《金陵十二釵》中「又副冊」的第二位！也想起祖母曾說過寶玉身邊的四大丫鬟中，自己最喜歡的就是敢愛敢恨又有反抗精神的晴雯，還有性格純良又溫柔和順的花襲人。

亦媗的鼻頭突然酸了起來，她和祖母許多夏日時光的童年記憶也逐漸回來了。她很小的時候就跟著祖母背誦過陸遊的詩句，因為寶玉之所以會將丫鬟取名為花襲人，就是取自陸遊《村居書喜》的詩句「花氣襲人知驟暖，鵲聲穿樹喜新晴」。

她的雙眼朦朧泛著淚光，問道：「襲人，妳知不知道我祖父母現在人在哪兒？」

原本聒噪的機器看護忽然安靜了下來，剛才眼眶上的ＬＥＤ螢幕眨呀眨的明亮雙眸，卻突然刷出了不斷噴淚的動畫。

「（他們叫……晴雯殺人……還指使她把老爺和夫人縫在一起！儘管ＡＩ系統馬上對我發出機器人法則『不得傷害人類，不得看到人類受傷害而袖手旁觀』的警告，可是當我衝過去阻止晴雯時，卻被她的大手一揮摔到了走廊上……之後什麼都不記得了……）」

「縫起來？他們是誰？晴雯是你的親戚嗎？」一旁的智晏問著亦媗。

亦媗不自覺地搖著頭，眼眶迸出了淚水：「妳說晴雯殺死了祖父和祖母，是《金陵十二釵》中「又副冊」第一位的那個晴雯？她也在這裡？」

「（是的。）」襲人的右手臂緩緩地舉了起來，指向主臥房落地窗的方向：「（代號晴雯的機器看護，負責照料老爺和夫人主臥內的日常起居；代號花襲人的我，負責打理膳食與屋內屋外的雜務。）」

智晏搔了搔頭：「她說的晴雯是那些機械手臂嗎？」

「應該是……」亦媗又繼續追問襲人：「妳剛才說『他們』讓晴雯殺了祖父和祖母，還將兩位老人家縫在一起？為什麼？他們到底是誰？」

「（他們的物種與生命結構不在襲人與晴雯的ＡＩ資料庫，我們都無法判定到底是誰。）」

「代號花襲人，請回溯人臉辨識資料，形容一下妳當時所看到的長相，可以嗎？」

那具人形機器看護的ＬＥＤ螢幕閃動了好幾下，停了五、六秒後，才斷斷續續說著：「（兩張臉……和人類一樣的臉……有四隻手臂……四條腿……）」

智晏的雙眼閃過一抹疑惑，腦門彷彿被電擊了一下，那一天深夜在伍滸小公寓的窗外所見到的詭異幻影，難道就是襲人所見到的「他們」？

「他們是不是用四隻手與四條腿爬行，動作非常敏捷快速像是某種昆蟲？不，應該更像某種巨大的節肢動物？」他問道。

「（是的。）」襲人接著道：「（他們說老爺和夫人是不完整的人類，必需要除掉所有的連結，保住他們的神性……）」

「不完整的人類？他們的神性？」

亦媗與智晏聽完後，思緒宛如陷入流沙之中，越是去思索越是陷得更深。對亦媗來說，假如機器看護的所言非假，而晴雯與襲人機身上那些深褐色的斑點，以及牆上和天花板上的噴濺痕跡也都是血跡，那麼祖父與祖母或許在瘟疫或太陽風暴之前就已經遇害了！

她流著眼淚，雙肩不由自主地顫抖著，沒想到才回到這一片土地僅僅第三天，卻早已被這座城市的頹敗、荒蕪、悲傷與無助塞痛了胸口。

那些童年時撒滿金色陽光的暑假記憶；

那些祖母口中栩栩如生的金釵丫鬟們，

所有美好的時光都埋葬在這一幕幕的醜陋之下。

第三章　天坑

亦媗將花襲人早已銹蝕得搖搖欲墜的機身卸了下來，只留下板金與螢幕還算平整的橢圓形頭部。還好那一款機器看護的硬碟與處理器都集中在頭部，因此並沒有損害到電腦的運算與對外互動溝通的功能。她在橢圓形的後腦勺找到了幾個通風扇葉孔，索性就將皮帶穿了過去，把襲人像腰包那樣繫在腰間。

「（亦媗姐姐要帶我離開這裡？）」

「嗯，是呀！妳不想跟我回澳洲的家嗎？」

「（想呀想呀！）」襲人欲言又止：「（可以讓我再看看……台北的家最後一眼嗎？）」

智晏和亦媗停了下來，在水雲街的坡上轉過身，讓腰際上的襲人能回首遠眺祖父母的家，曾經是紅瓦白牆的花園洋房如今卻已然廢墟。她低頭看著襲人眼眶上的ＬＥＤ螢幕，發出好幾聲拍照的快門音效，然後又默默刷下了噴淚的動畫。

亦媗轉過身繼續往山腳的方向走，手指輕撫著襲人流著眼淚的螢幕：「嗨，別難過，我肯定會把妳當成家人看待，回澳洲之後就幫妳找一個全新的身體，好嗎？妳是祖父母留給我最後的禮物，我當然會好好照顧妳……」

她的聲音突然哽咽了起來：「花襲人，我也由衷感謝妳，當我和父母無法守在祖父母身邊時……或他們曾經孤單地面對生命最終點的那些日子，妳曾經陪著兩位老人家照顧他們。」

智晏走在前面幾步，突然回過頭問：「妳和妳的機器人在聊心事嗎？」

「要你管！」亦媗和襲人幾乎是異口同聲喊了出來。

「哇，妳的機器人和妳一樣恰北北！」

「（亦媗姐姐，我們不要管他！對了，老爺有將夫人最喜歡的《紅樓夢》程乙本，放在襲人的ＡＩ資料庫中，我每天都會朗讀幾個章回給夫人聽呢！妳想不想聽呀？我可以從〈甄士隱夢幻識通靈〉開始唸給妳聽，好嗎？）」

「好呀好呀。」

正當亦媗和襲人一搭一唱說著話時，走在前面的智晏突然停下了腳步，站在一旁的山崖前往下眺望。他發現四獸山附近的山林間，不知何時出現了七個偌大的圓坑？

「我不記得三戰前上來健行時，曾經見過那些坑？」

「是天坑吧？」

「妳是說隕石或太空垃圾打下來的坑洞？」

「不是，你說的那種是隕石坑，這一種突然憑空出現的天坑，通常是內星政府打到地表上的警世符號，就像上個世紀他們時常使用的『麥田圈』圖案，上面暗藏著內星人要傳達給地表人類的警告，從隕石墜落、天災人禍、天象異變，到國家政變，都逃不過他們的預言。咦，你在圓之內上高中時，沒有讀過那些歷史課嗎？」

智晏理了理衣領：「我沒有妳想得那麼年輕，第三次世界大戰發生的那一年，就已經從大學畢業了。」

「聽說，你回來除了尋找親人，還有失散多年的女朋友？」亦媗將後背包脫了下來，一邊翻找著什麼，一邊顧左右而言他問了那個敏感問題。

他並沒有回答，只是疑惑地盯著她的後背包，看著她掏出一具類似紅外線熱成像攝影機的儀器，握在手中便對著遠處那七個圓坑，由左到右重複掃描著。

「這是什麼東西呀？」智晏問道，或許只是想迴避剛才的那個問題。

「要怎麼解釋呢？或許就像你們那個時代的QR碼掃描器吧！內星人從地幔打到地殼表面的麥田圈或天坑，其實都是經過特殊加密的圖案，基本上就跟QR碼的道理差不多！」

智晏將頭湊了過去：「妳是說……這是一具麥田圈與天坑的解碼掃描器？」

「可以這麼說！所有用微震波打上來的麥田圈或天坑的歷史圖案，其實都會建檔於內星政府的史料庫中，方便有興趣的研究生調閱歷史上曾出現於地表上的加密圖案。我離開圓之內前，曾經自行設計了這具掃描器，還內存了每一個歷史圖案的詳細資料與解密後的含意，現在總算派上用場了！」

掃描結束後，亦媗歪了歪頭盯著螢幕納悶：「那些圓坑確實是從內星打上來的警語，根據內星史料庫的資料顯示，這七座天坑的座標位置與直徑所求得的對應解碼文字，是一段中文——提。防。平。之。外。原。人。」

「平之外？原人？那是什麼意思？妳不是在說笑吧！那七座天坑排列的圖案解碼後，所出現的明文竟然是七個中文字？為什麼內星人不直接上來警告人類？總喜歡在地球表面打坑或在麥田內畫圖案？他們真以為人類那麼冰雪聰明喜愛解謎呀？」

「根據上面的史料記載，這七座天坑的微震波發射年份與日期，差不多就是太陽風暴襲擊北半球的前幾個月，當時所有從地幔通往地殼表面的聯通全都封鎖了，可能是因為那樣才會採取最古老的天坑傳訊吧？」

智晏的指頭撫著下巴的鬍渣子沉思：「雖然，我們在圓之內城邦居住了十年左右，可是普羅大眾卻和內星人沒有過多的互動與交集。直到我與他們有些接觸後，才覺得除了那種透著淡藍光澤的膚色與我們不同，他們肯定也有其他不為人知的弱點！」

他的腦海突然閃過一位女子的身影，那種散著一抹藍光的優美身影。

「不懂，你指的是哪一方面？」亦媗搖搖頭。

「他們為什麼要以麥田圈或天坑與地表上的人類溝通？無論是任何大災難的預言或天象的警

告，難道不能在地表上以最直接的方式通知嗎？除非……」

亦媗睜大著眼睛忍不住接腔：「除非，他們根本無法重回地球表面了！就像我們在地幔內的下部地函只不過生活十年，就有許多人無法適應地表上的生活而死亡！那麼他們經歷世代百年移居地幔內，地球表面的細菌、病毒、微生物或空氣品質，對他們來說根本就是毒氣了！」

「沒錯，內星人或許無法割捨與自己同源的地表民族，過往才會不斷以麥田圈或天坑密碼警告我們，卻仍敵不過人類自私自利的劣根性、將美麗地球搗毀的厄運，也讓保護我們的大氣層在接連災難之中，成為吹彈即破的無用武之盾！」

亦媗不經意瞥見那幾座天坑的微震波頻帶與熱成像畫面，不自覺皺了兩下眉頭，低下頭仔細地凝視其中一個坑：「那個最大的天坑所呈現的微波頻帶，和史料上所顯示的好像不太一樣？現在的中心位置怎麼還有其他的頻帶？」

「其他的頻帶？」

「也就是……與當年內星人所打上地表的微震波，有些不同波動的圖譜。」她回過頭意味深長地望著智晏：「我想，它的中心點應該多出了某種曾釋出微波的物體？要不要下去瞧一瞧？」

一個多小時後，智晏與亦媗才從布滿土壑亂石的小路走下山，也循線找到那七個天坑所在的樹林。他們站在正圓形的天坑中央，也就是七個天坑中最大的那一個，坑內的直徑少說也有五百多米，深度應該有個七、八米高。

「經過了十多年的風吹日曬，為什麼這些天坑土堤的稜線仍是那麼平整？看起來就像是海灘上刻意塑形的沙雕作品。」智晏問。

「海灘？我還沒見過地表上的海灘耶！不過，這些天坑本來就是從地幔內以微震波打上來的人造景觀，就像是個翻模的雕塑品，因此比起大自然會風化或坍塌的週期慢上許多。」

「我對內星人能夠運用微震波，在地表上震出天坑或畫出麥田圈……還是很質疑？」

亦媗笑道：「嗯，就像我也不是挺相信我媽說過，外公的什麼太極推手可以『隔山打牛』，一掌就震退十幾名彪形大漢呀！不是我在揶揄你，其實早在你們那種年代，好像就有所謂的震波術了嘛！花襲人，妳說是不是？」

她腰際的機器人原本還在休眠狀態，一聽到亦媗的指令ＬＥＤ螢幕馬上亮了起來。

「（是呀，第三次世界大戰之前，各國許多醫院早已透過體外的碎石機，震碎病人腎臟或膽囊內的結石。那是以低頻音波的震波穿進病患的體內，直達腎結石或膽結石的位置，將結石震成細小的碎片排出體內！這一類科技的運作機制與海豚的聲納相似……）」

她稱讚似地摸了摸襲人橢圓的頭部，繼續道：「所以囉，科技比我們進步的內星人，早就在地幔空間使用微震波建設他們的國度，這幾個小小的天坑當然也難不倒他們。咦？就是這裡，出現其他微震波頻帶的座標點，應該就是這裡喔！要挖嗎？」

智晏從救援工具中抽出了組合式圓鍬，跪了下來：「試試囉，看看底下到底藏著什麼！」

他們倆揮汗如雨在天坑中央挖了半個小時，就在大約快一米多的深度時，鍬子突然發出一種清脆的碰撞聲，就像觸碰到某種金屬的表面。兩個人馬上丟開了圓鍬，徒手摸索著那個堅硬的物體，將它一點一點地從地面之下掘了出來。

那是一只外觀宛若不鏽鋼材質的容器，大小約如潛水用的氧氣筒，只不過蒙塵的銀亮鏡面早已布滿了污漬斑點，膠囊狀的兩端各有一個金屬拉環，在橢圓形的前段與後段分別被兩口鋼環緊緊扣住了瓶身。

「難道是什麼未爆炸彈嗎？」智晏的表情納悶。

亦媗翻轉著那個膠囊狀的金屬容器：「應該是某種會發出微波信號或有衛星定位的裝置，才會造成天坑圖譜上出現了不同的微波頻帶。」

智晏終於忍不住，拿出了螺絲起子與板手摸索著鋼環上的螺絲，費了一番工夫才將兩只鋼環卸了下來。亦媗徹頭徹尾觀察了幾分鐘，才膽大心細地將頭尾的兩個拉環向外拉開，金屬容器也真如膠囊般瞬間開成了兩半！容器內部的結構類似保溫瓶的質感，塞滿了許多捲筒狀的文件與隨身碟。

「是時間囊！」亦媗與智晏不約而同喊了出來。

就連花襲人也興奮地自顧自朗讀著：「（根據維基百科記載，時間囊可分為『有意類』和『無意類』，是一種完整保存物品或資料的容器，作為讓未來人類瞭解某個特定時段的人事物……）」

「（啊，那麼亦媗姐姐就是他們所說的未來人類了！）」

◇◆◇◆

天色逐漸昏暗下來，環繞於四獸山的樹林也霎時漆黑，智晏與亦媗打上了營火端坐在黃土地上，分頭閱讀著時間囊內一張張展開後的紙捲。

「我從來沒有想過，三戰後的日子會是那麼艱苦……」智晏道。

亦媗的神態凝重，低著頭讀著手中的文件：「這些手寫的紙捲讀起來充滿與世訣別的悲慟，每一份文件上的筆跡也都截然不同，看來應該是匯集了上百人的戰後記事。」

智晏卻突然靜了下來，彷彿再也聽不見亦媗的話。

他低頭專注地閱讀其中一本被捲成筒狀的筆記本，整個人宛若急凍那般，無語。他完全無法相信自己的眼睛，一頁頁快速確認著紙張上密密麻麻的筆跡。因為，本子裡的每一頁竟然重複出現著他的名字，而每一篇文字結尾的署名都寫著——伍瀞。

為什麼她的筆記本也在時間囊之中？怎麼可能？霎時，他這些年來心中所克制的悲傷、愧疚與罪惡感，竟如萬馬奔騰般衝上了咽頭！湧入了腦門！然後，如自殺般從眼眶的邊緣一躍而下！

那是他日思夜想的伍瀞，那些他所熟悉的藍色字跡，滿紙傷心事所寫的全都是對他的思念之情。

「雖然，我與你之間隔著一道弧形的地平線，
我站在弧線的外圈；你站在弧線的內圈，
至少我們仍然踩在同一條線上。
我時常低著頭凝視著自己的雙腳，
想像著你我的足跡是否正踏在圓內與圓外的同一個對應點？

因為，我彷彿能夠感受到你心跳的脈動，
透過血脈傳到了你的腳掌，
從趾間穿透了地殼與地幔，
傳達到我的腳掌、我的指尖、我的心臟……」

難怪，他在伍瀞的公寓裡搜尋不到任何隻字片語，原來那些戰後殘喘的記憶，全寫成了這筆記本中一封封寄不出去的信！

亦媗將時間囊內的紙捲全部抽出來，一張張攤平在地上：「你覺得上面所記載的這些人還活

著嗎？」

「我不知道……我只希望至少『她』仍好好地在某個安全的角落……」智晏將筆記本的封面舉了起來給亦媗看，上面有著伍瀞娟秀的簽名。

「伍瀞？你認識的朋友？」

智晏垂睫，連點頭的力氣都沒了，席地而坐的他低著頭，難以置信地讀著那本筆記本，雙手無力地一頁頁翻著，眼眶和鼻頭不時泛起一陣陣酸楚。

他彷彿在那些文字中又聽見了當年樹林裡流轉不絕的蟬鳴，和海岸邊充滿嘻鬧的孩童聲，腳踏車在那一條沒有盡頭的堤岸邊飛馳著。他猶如感受到那一陣陣的夏日微風，再度吹掠著他雪白的襯衫，也穿進了她飛揚的髮絲裡，一次次將他們的笑聲吹送到無盡的長空中。

野薑花在伍瀞筆記本的字句中搖曳著，白色的花瓣隨著翻頁紛紛飄零了起來，有些還在空氣中打著轉不願離去，有些則在時光的洪流中隨波逐流消逝而去。每一段過往美好的回憶湧現時，他總覺得自己若有似無聞到了野薑花香，卻在幻覺閃退後心臟又陷入被記憶碎片千刀萬剮的痛苦中。

他只能不停地翻著那一本筆記本，不斷想從那些隻字片語之中找到伍瀞提及的任何行蹤去向，但是直到翻完到最後一頁，都沒有寫到任何地名或景點。這幾個月以來，他翻遍了伍瀞那一間荒蕪的小公寓，試著從布滿沙土與黴斑的書架和抽屜中尋找著蛛絲馬跡，每每彷彿就快出現曙光之際，卻還是一次次被無情地打回現實之中。

她到底在哪裡？不，是那些曾經被遺棄在地表上的他們，到底都在哪裡？

亦媗與智晏就那麼自顧自翻閱著時間囊內的每一份手寫文件，除了從文字中瞭解那種被遺棄在地球表面上等死的生活，也發現許多文字內容都充滿著光怪陸離的現象。

「我不知道這算不算巧合？這個時間囊之中除了有莫名其妙的全家福、一些手寫的冊子與許多隨身碟。就連我那位知名物理學教授的祖父，過往的一些研究文獻以及好幾位專家的實驗紀錄，也全被保存在這個時間囊中！看來我祖父真的是知名度蠻高的學者？」

智晏抬起頭眼神疑惑地望著亦媗：「我想不透……為什麼這些紙捲所記載的事件中，都有一些詭異的共通點？」

「共通點？你是指憑空消失或死而復生？」

「那些匪夷所思的奇異現象，會不會在這些手寫的冊子中有更深入的記載？我們回團部後再仔細閱讀吧！」

亦媗嘟噥著：「我覺得看上去更像是亂世中的什麼妖魔鬼怪作祟！」

智晏手握著紙捲，眼神霎時放空凝視著黃土地上的星空。

「妖魔鬼怪？」他低聲喃著，又像想到了什麼，回過頭看著亦媗腰際上的花襲人：「親愛的襲人妹妹，我可以請教妳一個問題嗎？」

「（哼，你誰呀？不可以～）」原本休眠的ＬＥＤ螢幕又亮了起來，還出現一個恰北北的表情符號。

「不要對我凶巴巴嘛，我是一個好人喔！」

襲人原本少女般的聲線又壓得更低：「（不—可—以！除了福博士在我ＡＩ資料庫中設定的家屬名單，我不能聽命任何外人的指令。）」

智晏揉了揉太陽穴，語氣又更禮貌地說：「我們都已經認識了，妳就開個權限或放寬一些額度給我嘛！」

「（不—可—以！我只是個機器看護，你當我是網管或信用卡公司呀？）」

「真是難搞！還好妳不是個真人……」

「（要你管！）」

亦媗或許覺得這個大男人對著她的蠻腰大吼大叫，實在非常不舒服，馬上打了圓場。

「好啦好啦，你們兩個就不要吵了！你有什麼問題要問花襲人，乾脆就直接告訴我，我再幫你重複唸一遍給她聽，就當是我問的囉！」語畢，還露出一種自以為聰明的傲嬌表情。

智晏這才滿意地清了清嗓子：「請問，妳內部資料庫是否可以搜尋得到『平之外』或『原人』的任何資料？」亦媗轉了個口氣跟著問道：「襲人，妳可以幫姐姐搜尋一下資料庫，是否有『平之外』和『原人』的相關資料？」

「（好的，沒問題！）」花襲人的聲線頓時又回到少女的娃娃音：「（關鍵字『平之外』並沒有搜尋到任何資料喔！關鍵字『原人』倒是有一筆相似的資料，出現在古希臘哲學家柏拉圖的《會飲篇》。）」

「柏拉圖有撰寫過叫《會飲篇》的著作？」亦媗歪了歪腦袋。

「（那是一篇討論愛情本質的作品，以演講、對話與討論的筆調敘事，不過許多段落卻是對上古神話的諷刺與論證，需要我朗讀出來嗎？）」

「是的，謝謝！」

「（最初的人類是圓球狀，他們有著圓圓的背部與兩側，還有四隻手與四隻腳，粗壯頸項上的頭顱有著兩張一模一樣的臉孔，卻分別望著相反的方向。他們不但長相渾圓有時還會已滾動代步，與創造他們形體的父母──太陽、地球與月亮如出一轍……）」

「這、這怎麼可能？」智晏都還沒聽完，早已搖著頭。

亦媗也瞪大眼睛：「等等？這個神話中所傳說的物種，怎麼和你們之前提到有兩張臉、四隻手臂和四條腿的怪物那麼像？」

「（嗯？亦媗姐姐這麼一說，柏拉圖所形容最初人類的特徵，的確和操控晴雯去殺害老爺和夫人的兇手們很像！）」

「不可能，我祖父母怎麼可能是被上古神話中的生物殺害？那種圓球狀或長得像節肢動物的物種……怎麼可能存在？」

難道《會飲篇》中所提及最初的人類，就是內星人那七個天坑解碼明文中的原人？上古神話中的那種人類真的存在？

智晏低聲喃著。

第四章　水漾

智晏腦海中閃過的那位散著一抹藍光的優美身影是——沐斯伍拉煦。

他從來沒有想過自己會認識一名內星人。地表人類所居住過的圓之內城邦，是屬於地幔的下部地函特區，幾乎不可能會見到那些慈悲與高貴的人種。他們居高臨下生活在上部地函，鄰近地心海周邊的區域。當圓之內的人類仰望著地幔頂層蔚藍的地心海時，也同時仰望著高高在上的內星政府國度，那個與他們上下顛倒的空間。

有些人認為，內星人自以為是更高智商的靈長生物，解救同源的地表人類只是出於良善之心，並非有必要與在下部地函避難的人類有過多交流、交集甚或通婚。

有些人則認為，他們幾百年來世代定居於地幔內，早已無法抵抗地表人類身上與體內的病毒、細菌或穢物，當然有所顧慮必須隔離生活。

在第三次世界大戰中勝出的戰勝國，本以為自己從地球表面帶進來的科技、能源、商業、經濟、文化或教育，足以讓他們在內星人的輔佐下，並肩管理位於地幔之間的美麗新世界。

結果，十年來卻僅淪為內星政府體制外的次等新住民。

那些曾是地表上自以為是的強國領導們，將過往藉著戰爭殺戮地表同類的醜陋本性，與污染毀滅地表生態的劣根性，帶進了自己所謂的圓之內城邦。十年間發動過一次次的抗爭與奪權計畫，卻苦於地表人類在智慧、科技與開化程度遠遠落後於內星人，而成為內星人眼中與黑猩猩相去不遠的靈長類，被隔離在他們自稱是圓之內城邦的難民特區。

當然，也有少數的內星人會被派到下部地函，給予來自地表避難的人類在文化、知識與教育上的協助。沐斯伍拉煦就是在下部地函生活的內星人之一，當她被派到這個臨時特區後，才第一次見到從小到大所聽聞的「地表人」。

在這些地表人的口中，來自上部地函的他們被稱為是內星人，其實沐斯伍拉煦稱自己的族裔是「猶迦頓人」。猶迦頓人也曾經是居住在地表上，信奉太陽的龐大民族，當時他們還稱自己是「太陽的子民」。但是，精通天象與數學的祖先們，多次推演太陽系的運作與歷程時，卻得知這顆星球的命運將會在數百年之後，被他們最尊敬的天神所帶來的火焰風暴所毀滅。

在猶迦頓先知的指引下，他們遺棄了輝煌的王朝，世代遷徙尋找著先知「以災難之水解救災難」的預言。

直到先人從古老莎草紙的經卷中，解讀出猶迦頓先知災難之水的寓意後，發現了隱藏在地幔之間被稱為諾亞之水的地心海，那一片曾經淹沒地球表面的天外之水，因為高含量的地外物質，在地幔之間形成反地球重力的環境！

猶迦頓人大舉移居至地幔空間的上部地函，沿著一望無際的地心海建造了大大小小的城市。那些他們世世代代賴以維生的天外不知名水質與礦物質，或許也是改變猶迦頓人外觀、大腦或基因的關鍵。就像上古神話中的傳說，生性自私好戰的地表人類，本來就是造物者亟欲毀滅的失敗作品，才會透過那些機緣改造了猶迦頓人，並且進化出更優秀、更完美的地內物種。

在智晏認識了沐斯伍拉煦後，才深感居住在內星的猶迦頓人，或許才是造物者如天使般的分身。他們除了擁有極高的智慧、顏值、善良、慈悲與寬容之心，對於貪婪、嫉妒、爭戰、掠奪與殺戮也絲毫無所慾念。

他第一次見到沐斯伍拉煦，是進入圓之內的第一年，在一場以適應地幔飲食生活為題的研討會上，十多位來自上部地函的男女，講解與傳授猶迦頓人民是如何以地光與地熱，世世代代在溶洞之中種植蔬果與穀類。

當時，地表人類所帶進去的八年備糧正逐漸消耗，許多組織與團體也積極向內星人學習，在地幔空間發展農業與畜牧業的要領。經過幾年的研究與種植，終於在下部地函的圓之內城邦，種植出一片片綠油油的麥田、果園與農場。

智晏在研討會結束前的問答時段，舉起手一古腦地問：「所以，我們來到這裡並不是與你們居住在上部地函已開發的城市之中，而是被隔離在這片一望無際的下部地函？根本就將我們當成什麼野生動物在囚禁嘛！」

「野生動物？囚禁？您是指就像你們地表的人類以教育或娛樂為名，將各種動物囚禁在動物園籠牢中的行徑？喔不不不，這溶洞下部地函的總面積，約為非洲土地面積那麼大，我想應該比地表上任何一座動物園大上千萬倍喔？」

那名猶迦頓男講師面帶微笑回答著，台下卻傳來此起彼落的回應：「動物園，那也是合法的狩獵與馴養呀！許多動物在裡面都有專人照料，生活過得很舒服耶……」

「合法？為什麼地球表面上的飛禽走獸，需要遵循人類為他們所制定的法律，來決定牠們被捕獵或被終身監禁是否合法？」

「因為、因為我們是主宰地球的萬物之靈，高智商的靈長類呀！」一位老人家喊了出來。

「喔，你們認為高等智慧的生物，就可理所當然捕獵或監禁智商較低的物種？」那位猶迦頓男子停了幾秒，環視會場內幾千名的與會者，垂下了眼簾：「那麼，我想你們已經得到答案，知道自己為什麼會被限制在地幔空間的特區了。」

「你那是什麼態度？你們內星人自以為比我們高智商或高科技，就能夠主宰我們的生存方式或生殺大權嗎？」智晏忿忿不平喊了出來後，突然覺得自己再也無法爭辯下去了，就連他身後幾位躁動的群眾也吵得有點不知所云。

人類自古以來自詡是「惟天地萬物父母，惟人萬物之靈」，只不過當自己淪落在更高智慧的生靈之下，甚至成為「次等智慧」物種，被套以過往自己對待黑猩猩、海豚或其他次等智慧物種的標準後，一切彷彿就變得天理不容了？

另一位猶迦頓女子臉上堆滿著笑容，也許是想轉移話題或緩頰，聲音甜美地說著：「大家好！我叫沐斯伍拉煦，從今天開始就是第三二四區的諮詢輔導人員，這一區的居民大部分是來自美國南加州的居民吧？希望大家對我的英語口音還算聽得明白！如果有任何疑問還請多多包涵與指導……已經入住社區的居民們，希望大家對猶迦頓政府所建造的臨時居屋還算滿意！日後各位有任何生活、教育與工作上的適應問題，都歡迎到區務中心詢問我們……」

就在她開始說話的那一瞬間，原本還在席間交頭接耳的民眾們，竟然變得一片鴉雀無聲。

或許，是她那安定人心的腔調語息，也或許是她泛著藍色光澤的古銅色肌膚，那種如沐春風的感受，令每個人的視線無法從她身上移開。在智晏的眼中，沐斯伍拉煦宛如從湛藍色的地心海走下來的女神，正以她與生俱來的慈悲教化著未開化的生物。

那一場研討會結束後，智晏有點尷尬地走到了會堂講台旁，幾位猶迦頓人正收拾著物品準備離開現場。他朝著沐斯伍拉煦尷尬地說：「我剛才失言了，實在很抱歉。」

沐斯伍拉煦側過臉，端詳著智晏的臉孔好幾秒，才恍然大悟回答：「你是那位……野生動物先生？不，我是指你是那位覺得像野生動物被囚禁的先生！」

智晏不知道該如何回話，只是露出一種無奈的傻笑。

「你其實並不需要向我們道歉，我可以理解要適應地幔中的生活並不容易，如果換作是我需要到地殼表面上生活，適應能力或許比你們還要差呢。」

「不是的，是我們剛才說的那些……人類自以為是高等智慧生物，就理所當然有權凌駕於其他萬物之上的話。」

沐斯伍拉煦停了幾秒，那一雙透著玫瑰金般的眼眸，彷彿凝視著智晏瞳孔的深處：「人類與猶迦頓人其實沒有太多的不同，唯一不同的只是長久以來文化背景與道德思維上的差異，我想那些都是可以互相學習的，不是嗎？

猶迦頓人只不過是更願意去觀察、理解與感受，這一顆星球內外與自己同生共處的其他物種。我相信，經歷這一次的危機之後，人類或許能學習到該如何善待自己的星球。」

「難道人類自從進入工業世紀後，這半世紀以來所繁衍出的各種生態污染，真的是造成地球暖化、氣候變遷，或大氣層對太陽輻射抵抗力降低的原因？」智晏納悶地喃著。

「我並不是這一方面的專家，但是根據猶迦頓科學家們的研究，這一顆星球每隔幾萬年到幾百萬年，就會出現所謂的氣候波動變化。就像你聽聞過地球自形成以來，經歷過至少五次的冰河時期，這些週期沒有可循的規律。

無論地球表面上是人類或恐龍居住，該來的時候還是會來。而地表人類長久以來的生態污染，或許只能說是加快了這顆星球死亡與重生的速度。」

正當她即將轉身離去前，智晏忍不住追問：「我們到底還需要在地幔中生活多久？太陽風暴是否真會毀滅掉地球表面的一切？還是，根本就已經發生了？」

「猶迦頓的科學家們仍然繼續在觀測中，這一年來每隔一陣子從地幔中發射上去的衛星，雖然傳回了地表溫度不斷急遽攀升的數據，但是至今尚未有閃焰所造成的太陽風暴預報。我們必須在確保地球表面的危機解除後，方能協助你們重回地面的世界……」

她的那一席話猶在耳畔。只不過，那一段漫長的等待卻持續了十年，而智晏居住於圓之內城邦的所見所聞，也並不如沐斯伍拉煦所期盼的那般樂觀。那些過往迷戀於權力與慾望的地表人類，並未從猶迦頓人身上學習到悲天憫人的胸懷，觀察、理解與感受其他物種，甚或是自己居住的這一顆星球。

十年間，那些形同流亡政府的戰勝國，那些自以為仍是地表強國的元首菁英們，曾經多次與內星政府協商，希望能夠偕同猶迦頓人共同治理地幔空間，並且以過往尊貴的身分地位積極爭取入主上部地函。結果，卻被猶迦頓高層以「生物體質」迥異為由一次次婉拒。分屬於圓之內城邦三大強國的各大政黨，曾經群起發動過數次抗爭與示威，仍被內星政府以冷處理平息那一場場喧賓奪主的狂人妄想。

或許，猶迦頓人如今才意識到，當初所釋出的善意，不但引發了地表上弱肉強食的第三次世界大戰，令好戰的人類撕裂為圓之內與圓之外，也引狼入室將他們毀滅地球表面的劣根性，帶進了原本平和的地幔空間！

智晏是在與沐斯伍拉煦熟識後才瞭解，那些從上部地函來到圓之內城邦的猶迦頓服務團隊，原來必須經歷各種痛苦的免疫與抗體強化，才有足夠的抵抗力擠身於充滿細菌與病毒的地表人類之間服務。就算結束了服務期重回上部地函，也需要通過長時間的隔離後，才能回歸地心海的猶迦頓城市生活。

「那就是猶迦頓高層曾提及的『生物體質』迥異嗎？為什麼你們願意承受那些痛苦的強化過程，只為了來到這裡與一群滿身是細菌與病毒的人類一起生活？」智晏問。

沐斯伍拉煦笑著，將雙臂環在後頸，仰望著倒掛在溶洞頂上搖曳的地心海，透著地光的湛藍海面上泛起了一陣陣的霧氣，看起來彷彿就像地球表面的藍天與白雲。

「雖然，這幾百年以來，你們並不知道我們的存在，但是猶迦頓人從小就知道，在地表的世界有一種與我們非常相似的同類。難道，你對與自己幾百年前曾經同源的物種沒有好奇心嗎？好奇他們到底哪裡與你不同？哪裡又與你仍然相同？好奇他們對同樣的人事物，為什麼會和你有截然不同的思維？」

智晏牽起嘴角冷笑地回答：「好奇心？人類要是對某種靈長類動物有好奇心，應該就是將牠們抓起來、關起來觀察吧？或者帶回實驗室開腸剖肚，度量牠們的腦容量是否比我們大？翻看牠們的五臟六腑是否與我們不同？檢視牠們的ＤＮＡ和我們有什麼差異？研究牠們的基因為什麼不如人類那般靈長？如果是什麼珍禽異獸的話，有些民族還會研究該如何烹調才好吃？吃了可以補我們的什麼器官……」

她那雙透著玫瑰金光彩的眼眸，霎時越睜越大。

智晏自嘲地搖著頭，哼了一聲：「要不然，你以為人類那些莫名其妙的細菌或超級病毒，是從哪裡來的？」

「我一直想問你一個問題。」沐斯伍拉煦眨了眨雙睫，沉默了幾秒才道：「你是否也和其他地表來的人類那樣，內心其實對猶迦頓人充滿些許恨意？」

「恨意？為什麼？」

「因為，我們無法接納與拯救所有的人類，讓許多人必須和滯留在地表上的親人生離死別，不是嗎？」

智晏頓了一下，才勉強答腔：「至少，你們沒有讓人類完全滅絕。」

「你還有親人或朋友留在上面嗎？」

他點了點頭：「我奶奶、姑姑和女朋友……」隨之，將目光停在地心海正翻滾的那抹雲霧之間。

「女朋友？你一定很想念她吧？」沐斯伍拉煦側過臉，端詳著他。

智晏的腦海中有一種既遙遠卻又真實的痛楚，漸漸地浮了上來。三戰後，被迫進入地幔避難的這兩年多，他沒有一天忘得了伍湋，內心更是充滿了自責與愧疚。他要是不曾急著回美國，他要是帶著伍瀞回加州參加畢業典禮，他要是……有太多的要是在他的腦中盤旋，卻換不回如今在地殼的兩端相隔，甚至可能會天各一方的命運。

他突然想到什麼，回過頭凝視著沐斯伍拉煦。

「妳說過，目前地球表面還沒有任何太陽風暴來襲的災情，是嗎？」

她點了點頭：「你們所說的奧菲斯之眼耀斑，尚未有噴發強大閃焰的跡象，這一段期間應該還不會有日冕拋射而引起的太陽風暴。」

「可以幫我一個忙嗎？」

沐斯伍拉煦並沒有回應，只是揚著眉等待智晏說下去。

「妳知道任何管道……可以讓我回到地球表面嗎？」

她的雙眼睜得老大：「可是，現在地表上的氣候變遷幾乎處於混沌狀態，自從南北極的永凍層完全融化後所釋出的甲烷，與人類長期掩埋於極地的核廢料，全都暴露在空氣之中！就連曾經休眠於凍土內的遠古微生物、病毒與細菌，也重新在常溫下被釋放了出來，聽說已經造成上面好幾場大規模的瘟疫！

就算我知道任何途徑，也將是一條有去無回的死路。」

「我不在乎！我完全不在乎！只要能夠回到小瀞的身邊，就算會死，我也要守在她身畔陪著她一起斷氣。這種在地殼底下不見天日、苟全性命地存活下來，卻要想像自己的親人與摯愛，正獨自面對隨時可能被閃焰灰飛煙滅的恐懼，我簡直過得生不如死……」

沐斯伍拉煦沒有再說下去，當時也沒有給智晏任何正面的承諾。

他們，各有所思坐在圓之內城邦的那片丘陵上，一望無際地坡地正搖曳著剛開花的紅紫色不知名植物，緩緩隨著巨大溶洞內的氣流搖動著修長的葉脈，與頭頂上透著地光的藍色地心海，形成一種互補色濃烈的對比。

一個多星期後，她默默塞了一張紙頭給智晏，上面畫著一方路線圖還標註著時間及行程指示：「這是服務團隊成員所使用的返回艙停放地點，今晚我會在標註的時間點將庫房與艙艇自動解鎖，啟動後的終點也將從上部地函自動修改為地心海之外。

那一台返回艙將會穿上溶洞進入地幔頂層的地心海，一路將你帶離諾亞之水的海域，回到與太平洋鄰接的海溝，抵達你所希望去的那個小島。」

智晏驚訝地握著地圖，雙手不由自主顫抖著，眼眶早已感動得泛著溫潤：「謝謝……謝謝妳！」

他激動地伸出手，握住沐斯伍拉煦泛著淺藍的雙手：「我永遠不會忘記妳所給我的幫助！」

然而，她卻迅速將手抽了回來。

沐斯伍拉煦勉強擠出了一絲笑容：「這一年多，非常感謝你告訴我許多地表人類的習性與觀點，還有你所居住的那個外面的世界……見到那一位伍瀞小姐時，別忘了代我問候她！祝福你們……也希望你和她能珍惜在一起的每一分、每一秒！」

她欲言又止隨之轉身離去，彷彿亟欲掩飾內心的不捨。只留下智晏，兀自站在那一片他們時常會面的丘陵地，望著她泛著藍的身影越走越遠。

那也是他最後一次見到沐斯伍拉煦。

那一晚，智晏一如往常走進父母的臥房道晚安，也比平常多花了些時間陪他們話家常，他並未透露即將重返地表的行動，也儘量不顯露出任何的離情依依，只是內心仍會泛起一股背叛的罪惡感，畢竟從此或許也將天人永隔了。

這兩年多以來，他的父母顯然已經適應了地幔空間的生活，分布於圓之內城邦不同區域的各個國家，在內星政府與猶迦頓人的協助下，早已大興土木將各自的領地修建得一如既往，彷彿是一個縮小版的地表世界，不同區塊充滿著各國原有的風土民情。

只不過，無論人類如何將這地殼下的避難空間，唯妙唯肖建造得如過往的地表環境，它卻永遠不是外面的那個世界。

智晏依照沐斯伍拉煦指定的時間，按圖索驥潛入了猶迦頓服務團隊的返回艙停放點。他本以為那應該是一艘充滿精密儀表板的金屬製飛行器，直到進入停放點之後，才發現只有一座如水泡般的巨大透明體！

就在他摸索了半天不得其門而入時，卻突然被一股引力給拉了進去，那股力量緩緩將他的身體托入球體內。直到他完全就定位後，球體的內壁才霎時亮起了各種螢色的線條、格狀與數據，就像是投影在玻璃上的３Ｄ懸浮成像，透明的儀表板布滿整個球體內。

幾秒後，泛著螢色紋路的透明球體瞬間向上竄起，穿出停放點半開放式的屋頂，一路朝著上方的地心海一飛衝天，直到接近如天空般上下顛倒的地心海時，球體在水面上滑行了一陣子後，才穿進了水面繼續朝著頂層的水底前進。

他一路上睜著驚恐的雙眼，經歷這一段無法置信的驚異旅程，只要一想到終於能夠回到地球表面，重新回到伍瀞的身邊抱著她、守護著她，陪著孤單的她一起迎向未知人生的最後一刻，他的眼眶不禁劃下兩行激動的淚水！

返回艙在水中激起的水波彷彿慢動作影片，猶如勾了芡的諾亞之水仍可見到許多不知名的魚類優游著，直到透明球體即將從水底的溶洞頂層，穿進那片顛倒峽谷的山溝時，水族生物才越來越稀少，那一片水域也越來越黑暗。

但是，也因為進入比較幽暗的山溝內，他才頓時發現返回艙後竟然尾隨著另兩艘透著螢光的飛行器！智晏完全搞不清楚狀況，甚至不知道該如何手動操控球體，才能擺脫這一場意圖不明的追逐！就在他心急如焚思索著該怎麼辦時，身後突然傳來一陣低頻的震波，那一瞬間透明的球體也如肥皂泡般綻開了，他彷彿還看見濺起的水分子微粒，剎那間隨著螢色的儀表圖案消失在黑暗之中。

只剩下他，如浮屍般懸浮於諾亞之水中，蜜糖般濃稠的液體竄入他的鼻腔與肺部，他卻沒有任何難受或窒息感，身體也如慢動作般緩緩地、緩緩地，沉入地心海伸手不見五指的峽谷底層。

當他再度醒來時，已是一個星期之後，他被內星政府的海防單位遣返回圓之內城邦，儘管並沒有為他招來牢獄之災，卻讓他成為猶迦頓人眼中的頭痛人物。從那一天開始，他再也沒有見過沐斯伍拉煦，聽說她被調回上部地函，回到了自己居住的地心海城市服務。

往後的許多年，智晏從未收到沐斯伍拉煦稍來的任何訊息。就算太陽風暴平息的幾年後，人類開始分批重回地球表面生活，他也從未忘記因為自己的任性，曾造成沐斯伍拉煦的困擾，或者也令她對地表人類從此澈底失望了吧？

在她玫瑰金般閃亮的眼眸中，自己可能仍是個自私自利的次等智慧物種，未曾在乎過他人、他事與他物的感受吧？

第五章　縫屍

亦媗端坐在白十字青年團團部中心的休息室，長桌上攤放著時間囊內一疊疊被壓平的紙捲、簿冊與ＵＳＢ隨身碟。她的手中正翻著一本看似調查紀錄的冊子，每翻看一頁，豆大的淚珠就不止地流了下來，雙手也情難自控顫抖著。

襲人橢圓形的金屬頭部安放在一旁，眼眶般的ＬＥＤ螢幕正望著亦媗，看著她淚流滿面的痛苦模樣，她的螢幕上也不時重複著痛哭流涕的表情動畫。

那一本調查紀錄的內頁標題，斗大地手寫著──《水雲街五十八號．福博士伉儷縫屍案》。那個亦媗最熟悉不過的地址，那幢她曾與祖父母共度過童年暑假的山間別墅，竟然成了調查紀錄中的命案現場！亦媗與智晏在洋房內搜尋時，就隱約猜出祖父母恐怕是凶多吉少，直到透過被她修復的襲人目擊所言，才更確定了兩位老人家早已遇害的消息。

但是，案發後的調查過程竟然早被詳實地紀錄下來，還被相關的自救隊調查員視作是戰後未解懸案之一，放入了時間囊中存留。當她讀著那些祖父與祖母被血淋淋開腸剖肚，又被惡意縫合為奇形怪狀軀體地文字時，整顆心全都碎了！碎裂的破片不斷在胸口穿刺著，讓她只能痛不欲生地放聲大哭，聲嘶力竭地倒在桌上抽噎著！

原本，亦媗還未閱讀到那兩本封面上沒有任何文字的黑冊子，直到發現也在一旁整理時間囊文件的智晏，翻看完其中一本冊子後，臉上頓時充滿驚恐與不安，還不動聲色將它壓在了其他團部文件底下。

不過，還是被眼尖的她瞥見：「你為什麼要將那本黑冊子收起來？」

「沒什麼……是我認識的另一位朋友的戰後生活紀錄……別管了！妳的中文比我好，快點將其他的文件讀完後，我們才能彙報上去呀！」智晏說得有點支吾，還刻意顧左右而言他。

「你還真是交友廣闊呀？我不相信，哪會那麼巧？這麼說來另外這本同款的黑冊子，也是他的戰後生活紀錄囉？」

亦媗以迅雷不及掩耳的速度，搶走了還躺在桌面上的另一本黑冊子，順手翻開依然有點捲曲的封面，第一頁上有著一行用手寫的標題《信義戰後重劃區．李將軍伉儷縫屍案》！她的表情愣了幾秒，快速翻看著上面所記載的那一起命案。

那是發生在戰後重劃區，某間收容三戰孤兒與長者的慈善機構，發現了兩具被變態殺手縫在一起的老人家屍體！那兩具裸屍宛如被黏合在一起，從胸部到小腹緊緊地貼在一塊，上身軀幹被開了膛，以某種接近人類皮層的皮線，將兩具綻開的皮肉胸貼胸地縫合在一起。他們的頸骨被外力掰斷，頭部硬生生被扭了一百八十度，各自面向自己身軀的後方，而四條手臂與四條腿，也誇張地朝上高舉著……

根據發現死者的兩名女子表示，在案發後都分別目擊過天花板上，有形體詭異的身影閃過，外型就像一名高壯的男性或女性，卻長著好幾隻腳與手臂。那隻巨大的怪物作案後，從地下室命案現場的天花板跳出了防火鐵門，就那麼長腿一躍消失在窗外的夜色中！

「這根本就是命案的調查紀錄，哪是什麼戰後生活紀錄？你中文哪可能那麼差？」她走到智晏身旁，抽出了壓在團部文件底下的另一本黑冊子。

智晏嘟噥著：「我的中文是沒有妳好，但是……妳還是跳過先不要讀這一本吧。」

「為什麼？」

他嚥了一口口水：「這或許與妳祖父的研究文獻，為什麼會出現在時間囊中有些關聯。」

亦媗根本等不得他賣關子，早已翻開了那一本黑冊子。當她看到第一頁標題上那行熟悉的地址時，才終於知道是祖父母的命案調查紀錄。她流著淚停不下手地讀完後，沉默了許久才面帶憤怒抬起頭。

「從襲人當年的目擊證詞，到負責老人長照的那兩位小姐，全都目睹過那種長著好幾隻腳與手臂的巨大怪物，那麼說來他們真的存在！所以，我祖父當年的研究文獻，與你那位社工的女性朋友伍瀞的筆記本，才會出現在這一顆時間囊之中，這根本就不是什麼巧合！」

亦媗站了起來，迅速將休息室內的幾張長桌推到牆邊，目光掃描著時間囊內所有的文件，並且依照她腦中的某種線性邏輯，將它們分門別類在地板上排成一種如放射狀的圓形。在圓心的正中央並排著那兩本黑冊子，也就是郎威揚與周國柱所手寫的兩起縫屍案調查紀錄。

圓心右邊是福博士伉儷縫屍案的黑冊子，旁邊放了一疊福滿壽當年研究理論的文檔，外圍還排著他的助手藍玄智及其他研究生們的相關實驗報告，以及十多只記錄多次實驗數據的ＵＳＢ隨身碟。

圓心左邊則是李將軍伉儷縫屍案的黑冊子，旁邊還疊著從李天應將軍的ＵＳＢ隨身碟所列印出的研究報告、實驗紀錄與心得日誌。亦媗在這些文件最外圈的圓周上，排滿了自救隊義工的訣別書信、上百份三戰後所發生過人事物消失或重現的報案，而譚昕自殺時那一份光怪陸離的遺書正本也在其中。

她往後退了幾步，仔細檢視著地上那片由密密麻麻的文件所排出的放射圖，就像端詳著拼圖上每一片不規則的碎片，所還原出某種奇異的圖形。然後，朝著身旁狀況外的智晏引了引下巴。

「這不僅僅是一顆時間囊！而是有人刻意將兩起未解縫屍案的紀錄，與各種戰後光怪陸離的都市傳說線索，一個個環環相扣的蛛絲馬跡，留給我們這些重返地表的後人去解決的謎團！」

「環環相扣的蛛絲馬跡？謎團？」智晏張著嘴，嘆為觀止地看著那些放射狀的線性排列。

「從圓心中的兩起事件，一層一層由內往外仔細觀察，你最先發現的共通點或疑點是什麼？」亦媗問。

智晏繞著地上圓形的放射線圖形踱步，非常努力地觀察每一層環節上的文件：「共通點？疑點？」隨之搖了搖頭。

她掏出了一支紅外線的雷射筆，將紅點停留在圓心中的兩本黑冊子：「顯而易見，兩起縫屍案男性死者的共通之處，都是某個領域的研究學者！我的祖父福滿壽是物理學教授，一生致力於休・艾弗雷特的「疊加狀態」理論。根據祖父留下的研究文檔顯示，他研發出某種可操控重力波的「異物質」，企圖以異物質解決時空轉移的能量條件，與過往時間旅行的祖父悖論問題。」

「妳是說，福滿壽博士所鑽研的是時光機？」

亦媗點了點頭，旋即卻又搖搖頭：「這要怎麼解釋呢？你說的時光機，是在同一個時間軸上，進行時間的前進或回溯的『直向』移動而已。」

她將雷射筆的紅點移到藍玄智與幾位研究生的實驗報告及ＵＳＢ隨身碟上：「但是，在祖父的幾位研究人員的實驗報告中，所提及某種叫物換星移的機台，卻是一種可在無數個時間軸上移動的裝置！」

「無數個時間軸？那怎麼可能？我們的時間軸不就只有一條而已？往前推進就是未來，向後回溯就是過去呀？」智晏搔了搔頭。

「我剛開始也想不透，在怎麼樣的情況下會出現無數個時間軸？直到我打開這十多只ＵＳＢ隨身碟，看到幾位研究生做過上百次的實驗數據後才明白，我祖父所研發的異物質，或許能夠駕馭我們周遭無所不在的重力波，也就能夠以重力場去扭曲時空、扭曲多個蟲洞！

如此，不僅可在現有世界的單一時間軸上『直向』前後穿梭，亦可『橫向』平移到共存世界中任何一個地球的時間軸上，並且在他們的時間軸上『直向』前後穿梭！」

智晏撫著額頭，表情恍然大悟：「共存世界？難道就是所謂的多重宇宙中，其他無數個平行的地球？妳是說，他們所要開發的那一台物換星移，不僅想在這個地球的時間軸上前進或回溯，還是一種可以平移到另一個，或任何一個地球，在他們的時間軸前進或回溯的裝置！」

「你現在明白了吧？從所有實驗數據的存檔時間顯示，這一組研究人員後期的實驗週期越來越頻繁，尤其是奧菲斯之眼的太陽風暴摧毀地表北半球的前幾年。種種跡象顯示，他們或許迫切想運算出正確的異物質能量條件，趕在浩劫之前將被遺棄在地表上的部分人類，轉移到其他沒有太陽耀斑危機的任何一個平行地球，然後在那個地球的時間軸上，挑選最適合人類生存與融入的時間點！」

亦媗垂睫停了幾秒：「但是，他們在報告中也提到，仍然無法解決空間與時間轉移後的祖父悖論、命定悖論，或可共存性悖論。」

「悖論？那些是什麼呀？」

「打個簡單的比方吧！也就是同一個時間與空間中，不應該同時存在兩個丁智晏或福亦媗的法則！因此，他們在測試過程中只能尋求以物易物的轉移方式。」

「這樣……他們不就要在轉移某個人或物到另一個地球時，也需要將另一個地球上無辜的人或物轉移到……這個地球等死？這也太不公平了吧！還好，他們的物換星移並沒有成功！不是嗎？」智晏問道。

「你認為他們沒有成功？」

亦媗將雷射筆的紅點移到排列在地上的文件，放射圓狀的最外圈，紅點緩緩繞著圓周上的文件移動著，也就是自救隊在三戰後接獲的人事物消失、重現或死而復生的上百份報案資料。

智晏的嘴巴越張越大：「難道……轉移人或物的結果並不是出現在實驗室的機台上，而是因為重力波的無所不在，或重力場的沒有定向，那些被轉移的人或物早已在其他地方被交換了！」

「這只是我的推斷！我們都閱讀過三戰後那幾年，頓時出現了許多人消失或重現的詭異案例，發生機率高得非常不尋常。例如，有一份署名譚昕的遺書中寫著，他親手殺害與掩埋了妻子，幾天後她卻若無其事重新出現在家中，而且還多了一名從來沒有見過的女兒！就連埋藏妻子屍骨的河岸也沒有任何挖過土的痕跡。這一位殺妻的譚昕，或許根本就在不知情的狀態下，從另一個地球被轉換到這個妻子健在，還有一名女兒的地球！

另外，那一位通資電軍的前指揮官郎威揚，所留下的訣別書中提到，他記得李將軍與李老太膝下明明只有一名獨生子，三戰後查案時卻發現竟成了一位獨生女！而他自己明明結過婚有妻子與一對雙胞胎兒子，卻在一夜之間全都憑空消失，除了周遭沒有任何朋友或同儕記得他曾結婚生子，就連他的舊手機和筆電上也找不到妻小們的照片存檔。那或許根本就不是什麼『三戰後心理綜合症』或『被遺棄症候群』的幻覺！而是，他根本是從某個已婚有妻小的地球上，頓時被轉移到這個自己還是單身漢的地球。」

智晏越聽頭皮越發麻，也忽然想到了什麼，迅速跑到放滿文件的圓周旁，抓起了伍瀞那本排在內圈的筆記本，雙手發抖地翻到其中一頁。

「小瀞也在裡面提到，她印象中在捷運永春站前，有一座叫『空穴來風』的知名雕塑，有一天卻突然憑空消失了！到底……是那一座雕像被轉移了，還是……小瀞被轉移到另一個地球上了？那麼寫下這一本筆記本的小瀞……到底又是從哪一個地球來的？她還算是我認識的那個小瀞嗎？」

亦媗相信有一天智晏會知道，捷運永春站前從來就沒有一座叫空穴來風的雕塑。或許，在多重宇宙無數個平行地球之中，某幾個地球的捷運永春站，真有那麼一座雕塑。她什麼話也不敢多回，只是顧左右而言他繼續說下去，將雷射筆的紅點移回圓心中的另一本黑冊子。

「另一起縫屍案的死者是李天應將軍，這本由前刑事警察大隊周國柱隊長所寫的調查紀錄提及，李將軍曾任職國防部參謀本部的電訊發展單位，退休後醉心於鑽研一種全新的電波工程理論，開發某種極具前瞻性的通訊模具。真相卻是，他自從獨生女車禍喪生後，所積極研究的是一種能夠與靈界或陰間通訊的神祕裝置！」

「妳覺得真可能有那種東西？」。

亦媗走到圓心內，拿起黑冊子旁的那疊列印文件：「我整理過李將軍ＵＳＢ隨身碟內的檔案，還將裡面的文件列印了出來，尤其是這一份心得日誌上有詳細的說明。他認為人類的靈體就是一種電波，當那種電波經歷死亡從肉體被釋放後，西洋與東方的民間都流傳靈體會被引渡或進入一股光線之中，到所謂靈界或陰間的異度空間。他以比較科學的說法解釋，那些靈體進入光線的傳說，就是電波穿越至某種蟲洞的過程，然後被吸附到一個強大的磁場之中。他所設計的那款硬體與程式就叫做『歐律狄刻』，你聽過這位希臘女神嗎？」

智晏想了幾秒：「歐律狄刻？不就是希臘神話中奧菲斯的妻子？她被毒蛇咬死後，傷心欲絕的奧菲斯還跑到冥界，以音樂取悅冥王哈迪斯與冥后，才終於獲得妻子重回人間的機會……難道，那一台叫歐律狄刻的裝置，和奧菲斯之眼有關聯？」

她歪了歪頭：「李將軍或許是因為三戰前後，人類面臨奧菲斯之眼的耀斑危機，才會聯想到那一則淒美的神話故事，將那一部能夠與靈界女兒通訊的裝置，命名為歐律狄刻吧？他提到透過歐律狄刻能搜尋到重力波，並且在重力場扭曲某些蟲洞之際，將這裡的聲波傳送到所謂的靈界或陰間！而且，他還錄下了曾與『另一頭』對話的影片。」

智晏的雙眼閃過一抹詫異：「重力波？重力場扭曲蟲洞？怎麼會這樣！」他轉過頭，眼睛睜得老大看著亦媗，彷彿在取得她的認同。

亦媗也回應似的點了點頭：「李將軍的歐律狄刻日夜掃描後，多次搜尋到的重力波與扭曲蟲洞的重力場，或許就是我祖父的那些研究人員，以物換星移轉移人或物時，所產生的扭曲重力場！我剛才閱讀那兩起命案的黑冊子時，一直思索為什麼有那麼多無法解釋的雷同景象？李將軍夫婦和我祖父母的陳屍模式如出一轍，現場也都被目擊有某種長著好幾隻腳與手臂的巨大生物出沒？」

「那些殺害妳祖父母與李將軍夫婦的八爪怪物？難道也和他們所研究的重力波與重力場有關係？柏拉圖《會飲篇》中所說的『最初的人類』難道就是天坑密碼所警告地表人要提防的『原人』？」

智晏與亦媗端坐在那一大片排成放射圓狀的文件前，掃視著時間囊中的每一份文件、冊子或筆記本，企圖尋找那一起起謎團的最後一、兩片拼圖！

第六章　原人

亦媗抵達台灣的第二個月，來自白十字青年團全球各地多個亞裔慈善團體，所海運來的救援物資、搜索配備、探測裝置、篩檢儀器，與大型的空中／地面交通工具，終於抵達這一座位於西太平洋貌似無人的海島。

那些從地幔空間避難歸來的亞裔協會與財團，或許也像亦媗和智晏那般，與這一座小島有著無法割捨的感情，情牽曾被他們遺棄在戰敗國的親人與好友，或是對這一片出生長大的故土充滿著愧疚，方才投下大量的金錢與物資，試圖彌補過往的背離。

運送救援物資的團隊也帶來了消息，總部已經取得來自各地彙整的調查資料。當年遭到太陽風暴襲擊的幾個北半球戰勝國，有多個城市已成了焦土般的無人廢墟，有些地區還出現了嚴重沙漠化跡象。所幸當年居民都在地幔移民計畫中，全數移居到內星人所提供的避難空間，因此並無任何傷亡回報。

不過，分布於非洲、東南亞或中南美洲的戰敗國中，目前已回報有倖存者的國家為：剛果、辛巴威、阿富汗、蒲隆地、厄利垂亞……等。在經歷極地永凍層融解後，釋出的遠古細菌與病毒所蔓延的多次瘟疫，早已造成許多被遺棄在地表的戰敗國，至少三分之二的人口喪生！

截至目前為止，僅有台灣尚未有任何倖存者的回報，白十字青年團總部也極度擔憂，或許來自南北極的多次遠古大瘟疫，也造成了那座海島不可逆轉的悲劇！但是，駐紮在台北的團部中心則認為，從許多地區的居民遺留物上發現，在太陽風暴襲擊北半球後的幾年間，應該仍有倖存者居住在台灣的多個城市！

他們樂觀地期待，那些遭受多次瘟疫血洗的災民們，或許早已躲進中央山脈的密林中求生。因此，才會完全不知情浩劫已過去多年，從地幔空間歸來的親朋好友們也正在尋找他們。

來自全球各地台灣移民家庭的兒女，那些在圓之內長大各有專長的青年們，隨著白十字青年團的號召，一批批回到了父母或祖父母輩魂牽夢縈的故土。有些人為三戰後的遺骸進行DNA資料建檔，以利於世界各地的台裔家庭所提出的協尋與比對；有些人則是採集病毒檢體與分離病毒株，即時研發出對應的抗體疫苗，以避免沉寂多時的極地瘟疫再度擴散傳染。

更多的青年們則投入地面與空中的搜索陣容，他們深入各大城市與鄉鎮的涵洞、隧道或下水道，尋找有可能躲起來求生的居民。亦媗與智晏則被分發到空中搜索的任務團隊，幾十架配有「紅外線熱成像儀」的直升機，鎮日都在台灣上空的丘陵、盆地、高山峻嶺之間，輪流掃描著任何倖存者或動物的體溫顯像。

歷經一個多月地毯式的地面與空中追查，各個搜索團隊終於陸續傳回尋獲倖存者與團體的捷報！有些倖存者與家庭躲藏在乾涸的下水道中，過著不見天日、衣不蔽體的黑暗日子；也有一批批的倖存者為了躲避太陽風暴襲擊北半球後，所造成的一次次強震與海嘯，早已集體往高地避難，長年隱居於中央山脈險峻的岩洞與鐘乳石洞之中，靠著野菜水果與洞內捕獲的昆蟲動物果腹度日。

亦媗親眼目睹許多長期穴居於岩洞內的居民，死命掙脫搜索團隊的救援，甚至驚恐嘶吼著不願意再回到地面生活。儘管白十字青年團的隊員們不斷地解釋，現在已是太陽風暴襲擊地球後的十多年，巨大的耀斑也已經消散了六年，再也不會有任何地表浩劫的危機了。

但是，許多倖存者仍聲嘶力竭地喊著：「我們不要出去！不要回到地面上！你們這些戰勝國的人……將我們丟棄在地表上那麼多年，現在為什麼又要在乎我們該怎麼過活？」

也有好幾位婦女顫抖地喃著：「我們不要回去……那裡到處都是妖魔鬼怪！每到夜深人靜就會出來抓人……我不要被那些八爪怪物抓走……」

那些瘋言瘋語的嘶喊，聽得搜索團隊的成員丈二金剛摸不著頭腦。只有智晏與亦媗知道他們在說些什麼，那些如人形般、如節肢動物般的怪物，不斷出現在時間囊中不同人記載的書信、文件與紀錄上！

亦媗蹲了下來，輕撫著那位蜷伏在岩洞角落的老婦人：「老婆婆，妳們親眼見過那些八爪怪物嗎？」

「當然！我媳婦和孫子還差一點就被牠們給拖走……」老婦人信誓旦旦，還順勢摟住一旁的小男孩與少婦。

「那麼，妳們有沒有聽說過，那些八爪怪物在哪裡？被抓走的人又被帶到哪裡了？」

那位緊抱著小男孩的少婦抬起頭，悲憤地說著：「空山！有一位逃出來的里長伯告訴我們，他被八爪怪物抓到了一座空心山！可是……沒多久……他又突然消失了，那一次之後就再也沒有回來了！」

「空山？有這麼一座山嗎？」亦媗回過頭望著智晏。

他想了幾秒：「在台灣嗎？從來就沒聽過呀？」還低下頭檢視著手中的電子地圖。

亦媗摸了摸掛在腰間的橢圓金屬物體：「襲人，幫姊姊搜尋妳的資料庫中，台灣自古到今是否有任何一座山脈，曾經被命名為『空山』或『空心山』？」

襲人如眼眶般的ＬＥＤ螢幕頓時亮了起來：（關鍵字『空山』與『空心山』……嗯，沒有任何與台灣山脈相關的資料喔！倒是有八萬多筆『空山靈雨』的搜尋結果，是上個世紀胡金銓導演執導的一部電影，於一九七九年在台灣上映……需要我繼續朗讀下去嗎？）

「不用了，謝謝。」亦媗皺了皺眉，表情非常失望。

白十字青年團歷經三個多月的全島大搜索，還有倖存者與獲救團體們不斷地奔走相告，更多如鬼魂般穴居於黑暗的涵洞、岩洞、下水道、防空洞，或廢棄捷運地下隧道中的災民，終於重見天日回到了地面上，接受救濟單位與醫療團隊的援助。只不過，十多年間一波波極地瘟疫的血洗，與太陽風暴襲擊北半球時，所接連發生天搖地動的強震與海嘯，最終所尋找到的倖存者，只有三戰前四分之一的台灣人口。

儘管，許多旅居海外的台灣移民家庭，終於尋獲十多年來未有音訊的親人，過往血濃於水的情感卻早已不復見。那些曾經被遺棄在地表上，身心飽受末日恐懼與煎熬的倖存者，對於從地幔空間避難歸來的圓之內人民，只剩無盡的冷漠、怨懟、仇恨、敵意與不信任。他們的眼中失去了過往對人事物熱情的光采，也從自己的生離死別之中，體悟到人性最卑劣的自私、背離與遺棄。

對許多當年的戰敗國倖存者而言，過往十多年人命賤如螻蟻、短似蜉蝣的等死歲月，將永遠無法從他們的心中抹滅，短時間內也不可能會信任曾經背叛過他們的人類。時光的流逝或許能夠撫慰他們內心巨大的傷痕，卻不可能忘卻對下一次天災人禍時，醜陋的人性將再度浮現的一天。

在一批一批獲救的倖存者中，智晏始終沒有尋找到伍瀞的蹤跡。每一次團部中心傳回捷報時，他總是滿懷著希望衝到現場眾裡尋她千百度，無論那個她是這個地球的伍瀞，或真的只是另一個地球的伍瀞，他都希望能夠再次撫摸著那一張相同的臉孔，將她用力地擁入懷中，向她哭喊心中一千個、一萬個對不起！

然而，每一次欣喜若狂的期盼，接踵而來的全是落空後的惆悵。

就在團部中心即將結束全島大搜索的任務前，亦媗與智晏仍堅持繼續在各大山脈之間，搜尋是否有落單的零散倖存者。智晏惦記的是伍滹；而亦媗所耿耿於懷的，卻是那些殘忍殺害祖父母的怪物！

尤其，當她將兩位老人家遇害的消息，轉達給遠在澳洲的雙親時，父親在悲憤交加下大病了一場，還在醫院待了好一陣子。當時遠在台灣的亦媗心急如焚，直到父親的狀況好轉後才寬心，但是也發誓一定要找到殺害祖父母的怪物，以撫平父親心中的自責與罪惡感。

原本，她和智晏都認為那上百起光怪陸離的事件與縫屍案，或許會在團隊中心搜索任務的尾聲中結束，成為永遠無法解開的亂世謎團。不過，一切卻在最後關頭出現了轉機！

那是團部中心即將結束全島大搜索的最後一個星期，他們所屬的直升機小組從台北松山機場起飛後，就依照慣例啟動了紅外線熱成像儀，開始掃描著鄰近的山區。亦媗一向負責監看熱成像螢幕上的動靜，檢視著在一片片密林或亂石山谷之間，是否有任何不尋常的熱量所散發出的橙黃或橙紅色物體，那代表極可能是人類或動物的體溫顯像。

就在直升機飛離市區，正準備朝向海拔較高的山脈搜索時，亦媗卻發現台北近郊的某座山頭，出現了幾個若有似無的橙色光點，還以一種非常敏捷的速度瞬間消失在山林之間。

「那些是猴子嗎？」她喃喃自語，重播著剛才錄下的回放畫面。

智晏也傾身端詳著螢幕：「這裡是新北的城區範圍，有可能出現台灣獼猴嗎？還是這些年來北部的生態環境已經改變了？」

「請問，那一片丘陵山頭是哪裡呀？」亦媗詢問了身旁另一位眼鏡男隊員。

「前面這一座是圓山呀，後面那一片應該是雞南山吧！」

「雞南山？怎麼以前都沒聽說過？」智晏道。

眼鏡男表情神祕地說：「其實，就是以前有總統和三軍的時代，那個赫赫有名的『衡山指揮所』所在地呀！我爸還沒有移民紐西蘭前，曾經在台灣服過許多年的自願役，他時常向我們這些在國外生活的小毛頭炫耀，台灣的這個軍事指揮所占地數萬平方公里，那一座山的內部和底下布滿錯綜複雜的坑道，還有許多條地底隧道，最遠的還可直接通到松山機場！

聽說這一片被稱為『大直要塞區』的山脈，是上個世紀很重要的軍事工程，也是台灣上萬座地下堡壘中規格最高，設施最完備的神祕軍事禁地，除了設有抗核防爆的鋼門，還有高達萬瓦的發電機與大型儲水系統，就連電磁脈衝武器也無法癱瘓內部的電路系統！幾乎就像一座內部被坑道挖空的巨大空心山嘛！不過，自從三戰結束軍隊體制瓦解後，現在應該只是個廢墟空山了吧？」

「空心山？空山……」亦媗的雙眼閃過一絲驚訝，難以置信地側過頭，和同樣張著嘴表情詫異的智晏交換了一個眼神。

那一位少婦從里長伯口中所聽到的空山或空心山，會是台北近郊的這一座雞南山嗎？難道，那些人形般的八爪怪物，就躲在那片廢棄的軍事要塞堡壘之中？正伺機對人類展開更恐怖的殺戮？

第七章　逆神

中山北路五段的某個巷弄，與許多荒廢的台灣街頭相同，早已如叢林般布滿巨樹、蔓藤或雜草。智晏與亦媗穿著白十字青年團那套泛著古銅金屬光澤的連身制服，智晏的肩上還背著一把團部中心借來的自動步槍。兩個人各自用開山刀劈著眼前的樹藤與雜草開路，直到前方出現了兩堵石磚堆砌的方柱後，才停了下來。

亦媗用開山刀砍掉其中一根門柱上的爬藤，直到布滿青苔的那塊石牌上，露出了兩個書法字體所寫的莊園名稱後，才得意地笑了出來：「就是這裡！」

「妳確定嗎？裡面看起來只是一般的洋樓別墅吧？」。

他們望著早已倒在地上的巨大金屬閘門，上面布滿了大片的銹斑與污泥，高牆內是一片偌大的莊園，正中央則有兩幢如六角樓般相連的建築物，如今已爬滿了各種不知名的植物。而位於門內的哨所，與主樓入口的棚頂上，突兀地立著一根旗桿，看起來的確不太像一般的民宅。

她拍了拍腰間橢圓形的金屬物體解釋著：「襲人在當年的搜尋資料庫中查到，第三次世界大戰之前，政府體制與三軍戰備尚未解除時，有許多條地下密道可通往雞南山。傳說中，這一座神祕莊園內的副坑道口，就有其中一條可直通裝憲營、圓指所與衡指所的東西向密道！雞南山或許就是我們要尋找的空心山吧？無論密道的傳言是真是假，我們總得進去探一探！」

襲人的ＬＥＤ螢幕上閃過眨眼微笑的動畫，得意洋洋地說：「（沒錯，這一座莊園還有許多不可考的傳言呦！有人說這裡曾是一間專做人體實驗與研究蛇毒的醫院，也有人說是槍決重刑犯的刑場，或是羈押違反軍紀者的拘留所……種種說詞顯示，它在三戰前應該是一處戒備森嚴的軍事禁地。）」

智晏嘆了一口氣：「現在看起來，倒像是一片荒蕪已久的營區廢墟。」

他們繞過了傾倒的鐵閘門，走進那片如今滿目瘡痍的庭院與廣場，樓房牆面上仍殘留著當年的軍區看板或單位名稱的銅牌，兩片標語牌上「和平勇敢」與「廉潔慧敏」的褪色紅字，與門內那一堵白牆上的軍徽和口號，早已泛著黑色的黴漬與水痕斑駁不堪。

亦媗步上了兩級階梯後，毫不猶豫打亮了手電筒，繞過玄關內的那一堵牆，進入了伸手不見五指的長廊內。走廊上有許多扇門，不同的房內仍殘留著十多年前未撤走的書桌、電腦、檔案櫃與辦公用品。地面與遺留物上全都覆蓋著厚厚的泥層與石塊，許多天花板坍了下來，探出了不知何來的樹根或樹幹。

「襲人小妹妹，妳有查到密道的入口在哪裡嗎？」智晏順口問著，還不停游移著手電筒的光源四處查看。

「（哼，我才不要回答你的指令！不過，既然是三戰前的國家機密，你覺得在搜尋資料庫中怎麼可能查到啦？好笨喔！）」

「喂，妳為什麼還是對我那麼壞？不公平，我真的是個好人哥哥耶！」

「（唉喲，你的名字又不在ＡＩ資料庫的家屬名單上，我必需要遵從機器人法則，不能聽你這個外人的指令呀！反正，你有任何問題要查詢，還是請亦媗姐姐幫你問啦！）」

「又是那麼恰北北，妳現在只剩下一顆頭而已，哪算是什麼機器人啦！」

「（你壞壞！不跟你說話了！）」

就在智晏與襲人還在鬥嘴時，亦媗停在盡頭的樓梯前，側著頭彷彿聆聽著什麼：「噓，底下好像有什麼聲音？」

「八爪怪物？」智晏怔了一下。

「不確定，應該只是你們說話時的回音。」

「有回音？或許所謂的密道應該是在地下層吧？」

智晏將手電筒掛回腰帶上，打亮了頭頂上探照用的頭燈，二話不說就領頭往階梯下走，還順勢卸下了原本背在肩上的那把自動步槍，緊緊地握在手上。

「走，我們去打怪！」

黑暗中，智晏與亦媗小心翼翼地步下一層層的階梯，在這之間並沒有其他的樓層，看起來是一條直達地下三層樓之下的空間。底層樓面短短的走廊上，只有兩、三間狹小的房間，裡面並沒有任何的設備或廢棄物，看起來就像是某種值班安官的哨所，以及夜間交班用的臨時寢室。

他們向右走了沒幾步，就發現走廊的那一頭是死巷，才折返往另一個方向繼續探索，直到經過那幾個小房間之後，才終於看到另一邊的盡頭，竟然有一扇幾乎快頂到天花板的軍綠色鐵閘門！由於上面的鎖頭早已鏽蝕得差不多了，智晏只不過輕輕用槍托叩了幾下，那一只沉重的大鎖就那麼落了下來，金屬的邊門也跟著應聲被打開了。

亦媗的表情振奮：「原來，這一座神祕的營區莊園，有一條通往雞南山的地下密道，並不是傳說！」

因為，那一堵鐵閘之後的水泥牆上，另有一扇巨大的灰藍色拱形金屬門！智晏與亦媗同時壓下門中央那一道已經快卡死的鐵桿，使勁搖晃了大半晌，才總算推開了那扇神祕的密道鐵門。與此同時，坑道內也突然飛出一大群受到驚嚇的蝙蝠，倉皇失措地在地下層空間逃竄著。

當他們的燈光照亮坑道後，一條高與寬約兩三米的幽暗通道映入眼簾！那一條深不見底的密道牆面與地面是由水泥所鋪設，上方白色的拱頂則是以特殊的泥水工法，布滿了如噴砂般密密麻麻的「消音尖」，圓頂上每隔十幾米就設置著早已失效的防爆燈，一路綿延至深處。

亦媗深呼吸了一口氣，跟在智晏的身後踏了進去，還順口問了問腰間的襲人：「襲人，麻煩再朗讀一遍之前所搜尋到，那些三戰前新聞台所報導過的密道資料！」

「（好的，根據當年的資料顯示，這是一條全長約兩公里，貫穿圓山的T型密道，直走到底是位於雙溪的另一個憲兵營區，中段的岔路才是直通雞南山方向的兩處指揮所！）」

智晏思索了幾秒：「兩公里？大約步行半個小時就可抵達了！不過還要視中途有沒有任何路段塌陷。」

「塌陷？襲人，資料庫中有地下密道的結構說明嗎？」亦媗問。

「（咦？沒有搜尋到喔，但是過往的許多新聞稿中都曾提及，整條密道的牆面全是厚達幾米以上的特殊石材，當年在建造時就已考量到要能防範核子攻擊，以及天搖地動的炮火襲擊為前提，而且密道中各個出入口所安裝的也都是防爆門。）」

他們就那麼在漆黑之中，以微弱的手電筒和探照燈向前行，期待尋找到岔路上的另一條密道。這一條堅固的坑道在第三次世界大戰後的十多年，歷經太陽風暴襲擊北半球的多次強震，竟然沒有任何損毀，整條坑道彷彿在時間的洪流中並沒任何改變，一如過往處於一種完全淨空的良好狀態。

只不過，在完全沒有通風設備的密道中，越往深處走也就越悶熱，甚至有一種空氣逐漸稀薄的壓抑感。雖然他們的連身制服是某種特殊的散熱材質，但是兩個人仍是走得揮汗如雨、汗流浹背。

智晏雙手握著自動步槍，只能用手腕不斷地拭去額頭上的汗水：「假如，我們真的找到那些八爪怪物，妳是不是希望我馬上將牠們一槍斃命！」

「不，我要問清楚，牠們為什麼要以那麼殘忍的手法，殺害我的祖父母與李將軍夫婦？」

「妳覺得那些沒有人性的怪物會說人話嗎？嚴重質疑……」

他們徒步走了近二十分鐘後，總算發現右邊的牆面上出現了另一扇拱形的金屬門，或許是密道內乾熱的環境，這一道灰藍色的門倒是沒有鏽蝕或卡死的問題。智晏戰戰兢兢地推開厚重的防爆門後，槍口迅速朝向那一條坑道內掃視著，小心翼翼地端詳了半晌後，才揮手示意亦媗跟上。

或許是越來越接近傳說中的最高指揮中心，這一段通道牆面的泥水工法又更為平滑細緻，沿途還有幾處塗著紅漆的牆面，上面掛著軍用的有線電話與查勤用的軍綠色木箱。原本悶熱的室溫逐漸舒緩之際，他們也看到了盡頭最後的那扇拱形防爆門，而且雙開的金屬門呈現一種半掩的狀態，就像有人曾經隨手打開，查看過門後的景象。

智晏的雙手握緊了那把自動步槍，再度將食指扣在扳機上，然後用腳輕輕踹開了雙開的金屬門。那一道門後不再是坑道的景象，當他們用手電筒照亮了可視區域，才看清楚身處於一條如醫院或軍事單位的大走廊上，除了有著許多標著不同部門名稱的門，還有好幾條與之交錯的小走廊。

「我猜，我們已經在雞南山的內部或底下了！」智晏壓低聲音說著。

亦媗尾隨在他的身後，將手電筒的燈光探入經過的每一間小房間或辦公室內：「如果這裡就是空心山，那些被抓走的人與八爪怪物會在哪裡？」

智晏並沒有回話，只是端著槍聚精會神掃視著四周，一步步尋找著這一座廢棄指揮所的核心區域，或是有個能容納比較多人的寬廣空間。他甚至屏息凝神傾聽是否有任何不尋常的聲音，心想著好萊塢電影中那些醜陋的怪獸或魔物，不是都會發出某種瘋狂的嘶吼或低吟聲嗎？

他們總算找到一處看起來像川堂的開放場所，好幾條走廊如米字般交錯後，在正中央匯成了一個圓環似的廣場。當他們的手電筒光線往上打時，才驚覺上方原來是挑高四、五層樓高，亂石穿空的巨大岩層，鬼斧神工的開山鑿石工程令人嘆為觀止。在圓形廣場周圍的一面牆上，則有四扇雙開式的鐵門。

「是禮堂或會議廳嗎？」智晏將頭燈的光線停在那幾扇門上。

亦媗走到其中一扇鐵門前，端詳著那片字跡有點模糊的門牌：「是聯合作戰指揮的控制中心！」

他們躡手躡腳推開雙開門後，裡面竟然是一座如小型體育館大小的空間，黑暗之中依稀可見四、五列長桌，上面擺滿了近百台蒙塵的監看螢幕與電腦裝置。最前方則有五面巨型的電視牆螢幕，上層玻璃窗內居高臨下的監控室，應該就是當年三軍統帥或作戰將領們的指揮室。

當燈光繼續往上探照時，兩人不約而同倒抽了一口氣！因為上方層層疊疊的巨石岩頂，竟然漂浮著許多不知名的物體。他們更仔細觀察後才確認，那應該是一具具懸吊於岩頂的人體，黑暗中分不清是男或女，但是至少有幾十具或上百具，宛如懸絲的蟲蛹靜止於半空中。

「難道……那些全是被八爪怪物挾持回來的受害者？」亦媗低聲喃著：「看來這裡就是所謂的空心山！」

智晏的心情顯然更為忐忑不安：「他們還活著嗎？」他努力辨認著那些懸吊於空中密密麻麻的受害者，彷彿期盼著能從中找到伍滽熟悉的身影，但是在微弱的光線下一切卻模糊得令人難以辨識。

亦媗環視著控制中心，並沒有發現任何躲藏在黑暗中的可疑物體，她的腦中浮起那些形容祖父母被殺害、被縫屍的血腥文字記錄，內心霎時浮起一股憤怒！

「你們這些妖魔鬼怪出來呀！為什麼要做出如此喪心病狂的行為？」

她的嘶吼聲迴盪在偌大的控制中心，回音也在岩壁之間流轉著，四周卻仍是一片死寂，靜得只聽得到她自己的喘息聲，沒有任何不明物體的動靜。

「出來呀！你們憑什麼殘忍殺害我的祖父母？為什麼連那麼善良無辜的老人家都要下手？為什麼？」淚水從她的眼眶奔流而出，夾雜著許多美好的回憶與無盡地怨恨。

智晏並不是很確定所謂的怪物，是否聽得懂亦媗那一番話，但是跨到了她跟前端著槍環視著周遭的一景一物，提防在黑暗中會有任何飛竄而出的攻擊。

就在那一瞬間，山壁間傳來一種帶著節奏感的微弱高頻聲，聲音聽起來若有似無、忽遠忽近。那一陣高頻並沒有刺耳的煩躁感，反而帶給人一股通體舒暢的平靜。

他們此時才發現，在幽暗岩壁石縫的不同角落，分別有著三顆球狀的物體，正緩緩透出了微光，隨之光線越來越強，透光的圓球本身也如花苞般逐漸綻放開來，只不過所展開的並不是一片片的花瓣，而是許多隻泛著光的手臂，從包覆於外的薄膜中如蛻皮般破蛹而出！當那些撩動的肢體完全伸展開後，所現形的竟然是三名長著兩張臉孔、兩雙手臂與腳的人形。

每一具軀體上看似男性與女性的頭顱，分別面向不同的方向，軀幹看起來猶如兩具相對的軀殼天衣無縫地合而為一。他們柔軟的手臂如扭動的蛇身舒展著，修長的指尖也彷彿正掐著各種不同的手印，潔白的肌膚則宛若發著光的白玉陶瓷。

亦媗與智晏完全搞不清楚狀況，因為那些物種與他們腦中所想像的八爪怪物截然不同！那種時而威風、時而曼妙的體態，看起來甚至近似西域飛天女之姿。

三具宛若節肢動物的透光人形，攀附在岩石上舒展了幾秒後，頓時從岩頂上落了下來。他們緩慢地飄浮在半空中，穿過了岩頂懸吊下來的一具具人體，就像是泛著光芒的蒲公英，只有一雙修長的腿筆直朝下，其餘的手與腳則如放射狀般，朝著不同的方向舒展與撩動著。

當他們落下時呈現出某種前一後二的陣列，距離地面約兩米高之際，便懸浮於控制中心的正中央。正前方的那一位伸展完身軀後，還將其中一隻右腳屈膝微彎後，腳底板踏在左膝的內側，看起來就像是某種靜止的優美舞姿。

他的兩顆頭顱緩緩轉向前望向亦媗與智晏，令他們警覺地後退了兩步，也才看清楚那幾張透著光的白皙臉孔上，有著極為完美與精緻的人類五官。每一張臉孔都洋溢著一抹無邪的笑容，有些如孩童般天真地笑著、有些則是女性般婉約地盈盈笑意，也有些是長者般慈祥地笑容。

領頭的那一位傾身低首望著底下的他們：「〔妳剛才稱我們是怪物？還殘忍殺害妳善良無辜的祖父母？妳的祖父母到底是誰呢？〕」

那是一種極為奇異的聲線，彷彿有著好幾種沙啞、低沉與輕柔的嗓音，似男若女地說著同樣幾句話。每一張臉孔上的雙唇並沒有牽動，只是微微地開口靜止著，一陣陣的語音卻穿進亦媗與智晏的耳膜。

「是福滿壽與白芸！」亦媗的身子儘管顫抖著，雙眼仍充滿著花火憤怒地吼了出來。

「〔喔，是那一位打破連結與混淆運行的人？〕」那六張臉孔相視而望，交換著某種眼神。

「〔妳應該早就猜出來，福滿壽與他手下的那些人，以某種異物質扭曲了原本不該相連的量子蟲洞，令那些連接黑洞與白洞，以及串聯鏡射宇宙和多重世界的蛀孔打了開來，將不屬於這一個地球的人，導入到這一個地球，造成了平行之間的不平衡與混淆！我們必須堵住那些不該被扭曲與開啟的洞孔，修正他們所造成的一起起嚴重錯誤！〕」

那一雙雙原本撩動與掐指的手臂，突然靜止了下來：「〔所以，我們必須抹除那個發現破壞平行法則的人，以及所有與該理論相關的人事物，修—正—錯—誤！〕」

亦媗的心臟抽了一下：「難道……你們也殺了我祖父研究團隊的所有人？」她的腦海突然閃

過時間囊的紀錄文件中，曾出現過的那幾個名字——藍玄智、田基與小葉。

那三名泛著白光的物種並沒有回答，六張完美的臉孔依然掛著優雅的笑容，只是在他們的嘴角上揚處，卻緩緩勾起一種內牽的線條，一抹理所當然的笑意。

「伍瀞！那麼我的女朋友伍瀞到底在哪裡？你們該不會也殺了她吧……」

那位領頭者歪著頭，掐了掐其中一雙手的指頭後，才笑道：「『你何需在乎她是生或死？你的伍瀞並不是你所認識的伍瀞。太陽閃焰襲擊北半球時，那個在沙灘上被海嘯捲蝕而去的她，也並不是你的她，你所認識的伍瀞早在許久之前，就被導出至另一個地球。你或許應該感謝那一位真正殘忍的福滿壽吧！』」

亦嫿握著拳頭，不甘示弱地喊著：「就算你們認為我祖父的所作所為十惡不赦，也不該泯滅良心！在殺害他們之後，還惡意將我祖父母的屍首縫在一起！」

「『泯滅良心？在我們那裡，這可是最尊貴的全屍儀式呢！畢竟你們本來就是不完整的人類，生生世世都在尋找著另一半的軀殼，我們只不過是……成全了他們！』」

「你們那裡……你們到底是什麼地外物種？」

對方嫣然一笑：「『我們當然不是什麼外星來的生物，而是和你們一樣，也是——人類！』」

「你們是人類？怎麼可能！」智旻無法相信眼前這些長得奇形怪狀的物種，竟然也稱自己是人類？

「〔喔不，我們是比你們更為完整，與更具神性的人類，而且還比你們幸運許多，逃過了上古時期所謂的諸神懲戒，並沒有被那些自認為是神的高等生物劈成兩半，而是群起叛變攻陷了祂們遠在天際的國度，殺死了那些自稱是神的物種。〕」

亦媗難以置信地搖著頭：「不可能，那些只是神話，人類不可能曾經是你們這種模樣。」

「〔無論你認為那些將人類劈成兩半的傳說，是來自上古子虛烏有的神話，或是某種自稱是神的物種，所曾經從事的基因工程。你的地球與我的地球，確實就是兩種完全不同的世界觀，我們的世界不再有那些高高在上的神祇，因為人類取代了祂們成為擁有神性的生物。〕」

「所以，你們是來自另一個地球的人類？既然你們的祖先叛變，殺掉了自己的神祇，又為什麼能夠擁有祂們的神性？」智晏不解地問道。

那三名在空氣中上下緩緩浮動的「人類」，與那六張完美無瑕的臉孔，頓時全都仰首而笑，就像是聽到什麼無知的童言童語。一陣陣似男若女的戲謔笑聲，宛若一根根尖針，直穿亦媗與智晏的耳膜。

「〔我們的祖先將祂們全都吃掉了！〕」

「〔當然，並不如你們所想的那般血肉模糊，那種自稱是神的生物並沒有所謂的血與肉，聽說就像是一顆顆鮮嫩多汁的光球，入口即化非常甜美可口！〕」

亦媗難以想像那一幕幕弒神與噬神的畫面，

更無法相信眼前那般慈眉善目的他們，
竟是來自多重宇宙另一個地球的人類。
遠比起這一個地球充滿劣根性的人類，
更為狂妄、更具野心，
甚至早已自立為神。

第八章　紅天國

「最初的人類是圓球狀，他們有著圓圓的背部與兩側，還有四隻手與四隻腳，粗壯頸項上的頭顱有著兩張一模一樣的臉孔，卻分別望著相反的方向。他們不但長相渾圓有時還會以滾動代步，與創造他們形體的父母——太陽、地球與月亮如出一轍。

最令人生畏的是他們天賦的野心與能力，以及心思縝密的意圖，曾經忤逆冒犯過天上眾神。

宙斯告訴太陽神阿波羅，只有一種方法足以削弱人類的驕傲狂妄，令他們更謙卑與服從，那就是將人類全都劈成兩半，使他們的力量衰減、數量增加，卻繼續苟延殘喘地活下去。」

——柏拉圖《會飲篇》

「︹在多重宇宙的千個、萬個地球之中，也存在著千個、萬個你，他們與你樣貌相同，擁有同樣的基因排列組合。但是，每一個地球上的另一個你，在人生的際遇和生命的歷程，甚至是所在地球的歷史進程，抑或進化的時間軸，卻不盡然會與你的地球完全相同。

那千萬個你或許與你如出一轍，也可能是一個鏡射的你？一個善良的你？一個邪惡的你？或是一個充滿神性的你，就像你們所見到的我們。︺」

「假如你們充滿神性或者神通廣大，為什麼又會從自己的地球被導入到這個地球？」亦媗仰望著他們，甚至覺得那些泛著光的形體又比剛才大上了許多。

那六張臉不約而同緩緩閉上了眼睛，再度睜開時卻不見方才慈悲的笑意：「︹你們應該也想知道，我們為什麼要抹除李天應夫婦吧？︺」

「李將軍……」她和智晏同時點了點頭。

那位領頭者順勢將其中一隻腳盤到了胯間，看似悠哉地在半空中單腿盤坐之姿：「︹假如那位李天應沒有自以為是，不斷將聲波導入福滿壽每一次實驗時所造成的扭曲蟲洞與蛀孔中。我們也不會被上層尊者們派去調查那些聲波與洞孔的來源。︺」

「你們在那一個地球是警察或ＦＢＩ？」智晏問道。

那六張臉偏了偏頭並沒有理會，只是繼續道：「︹我們終於追蹤到其中一次能量強大的蟲洞扭曲方位，也聽到李天應夫婦從另一頭傳來的呼喊聲……就在我們探查著聲波的來源時，也被那一股強大的扭曲給吸附進去。』」

亦媗恍然大悟：「原來，你們就是那一段影片中，歐律狄刻主機上所傳來的聲音！」

「『直到清醒後，我們才發現早已不在自己原來的地球上，因為放眼望去全是那些被劈成兩半，完全沒有神性的低等人類。不但是用兩隻腳愚蠢地行走著，還生存在這麼個充滿污染與髒亂的地球上，過得猶如難民那般低賤的生活！』」

智晏的臉色沉了下來：「你們自己也好不道哪兒吧？充其量就是幾尊落難之神，連自己的地球都回不去，還不害臊嗎？」

那位在半空中單腿盤坐的領頭者，兩張臉孔霎時恢復春風滿面的笑意：「『你不懂，我們也曾試圖尋找回歸自己地球的強大重力波與磁場，只不過從未成功過。但是，在這個地球待得越久，我們也逐漸領悟到，為什麼必須回到原來的地球？

為什麼要回到那個聽命於上層尊者們的國度？為什麼要回到由他們掌控的世界？我們的神性在這個充滿低等人類的地球，就是你們高高在上的神祇，能低首垂憐兩隻腳的你們，接受你們無止盡的供養膜拜，那麼為什麼不留下來……接管這個快被你們毀滅的地球呢？』」

那六張臉孔又是一陣得意的笑聲，彷彿那是一個多麼完美的結局。

智晏憤怒地吼了回去：「我去你們的落難低級妖神，你們未免也想得太美了！」

說時遲，那時快，他迅速端起了那把自動步槍，朝著懸浮在半空中的他們不斷地掃射。只見一發發的子彈穿進了他們的身子後，那三具泛著光的軀體卻在一瞬間，如晶瑩剔透的鑽石花那般散了開來，千百片水晶般的葉瓣呈現出放射的球狀，停留在空中幾秒鐘後，旋即又收了回去，回復為他們原來的形體。

「〔你殺不了我們的，都已經說過我們是你的神！〕」

智晏換上了新的彈匣，仍不死心地朝著他們再次掃射，只見他們又如三朵巨大的鑽石花散成了更多放射狀的水晶葉瓣，再度重新收回成原形。每一次還原之後，他們的身形也跟著變得更大。

亦媗阻止了智晏一陣陣的掃射，對著他們喊著：「如果你們真想成為我們的神，又為什麼要挾持那些無辜的人？難道也是想將他們吃掉嗎？」

她仰首望著岩頂處，那一大片密密麻麻的人體。

「〔吃掉他們？喔不不不，吃掉你們這種人類，根本不能增長我們的神性。我們不是說過了，除了堵住那些不該被扭曲與開啟的洞孔，也要修正那一起起嚴重的錯誤嗎？這些全是妳親愛的祖父福滿壽博士，在物換星移的理論與實驗下，所造成的悲劇與錯誤！〕」

與此同時，原本在岩頂處的上百具人體，也一具具被緩緩地垂吊了下來，那一根根透明的線體猶如某種有生命的修長觸角，輕柔地將那些人一個個直立在地面上。他們就像是雙眼緊閉的懸絲人偶，或是被集體催眠的一群人，安靜無聲地佇立在控制中心的中央。

「〔妳認為我們惡意挾持了這些無辜的人？其實他們根本就不屬於這個地球，而是被那一次次錯誤的轉移實驗，從別的地球被無差別轉移到這個地球。我們既然貴為你們的神，就必須修正這些錯誤，才能將原本屬於這個地球的人重新導引回來。〕」

智晏望了一眼亦媗：「中文是不是有一句古語，叫什麼泥菩薩過江？這些落難之神根本就自身難保，連自己的地球都回不去，怎麼可能將這些人轉移回他們的地球，又讓淪落於其他地球的人回到這個地球？」

那六張臉孔再度露出慈眉善目的神情，笑臉盈盈地說道：「〔我們雖然無法尋到另一股強大的重力波與磁場，將自己導回原來的地球。但是，一生二，二生三，三生宇宙，萬物負陰而抱陽，沖氣以為和……我們皆為陰陽相抱，當三身合而為一的能量，就能為這些人開啟他們來時的洞孔，還原回歸沖氣為和的平衡。〕」

亦媗聽得似懂非懂：「那麼，你們不是早就該將他們轉移回去了？」

「〔不，我們在蟄伏期間除了增長能量，也一直在等待最後一個機緣。〕」那位領頭者停了幾秒後，露出了一抹神秘的笑容；「〔不過，看來那個機緣已經自己到來了。〕」

原本還浮在半空中的他們緩緩降了下來，仍維持著那種三角的陣列，六張臉全都面朝著正中心，以一種非常奇異的姿勢，將各自的兩雙腿盤坐於地上。

就在他們安詳靜坐的片刻，原本如白玉的肌膚也更為明亮通透，每一個形體猶如兩具男女軀殼的交合處，逐漸透出了雪白的光芒，剎那間，那三團光線化為越轉越大的渦漩光芒。

最後，三股光團匯集在三角陣列的中央，形成了一道不斷在旋轉的巨大光門。

控制中心的一景一物也如殘影般霎時淡去，幻化成一大片一望無際的冰原，長空中還緩緩搖曳著許多如紗簾般的極光，那一種早已不存在這個地球的夢幻之光。原本雙眼緊閉的那一群人也慢慢甦醒，有的人睜著活脫失焦的雙眼，也有的人緊緊盯著眼前那一道巨大的光芒，隨之不自覺地往那個方向緩步移動。

亦媗看著那些面無表情的男女，一個個從她跟前走向那一道滿溢著強光的渦漩光門。她彷彿看見時間囊文件中所記載的許多光怪陸離的消失與重現，也看見那些曾經活得無所適從的男男女女。在這些被錯置的男女之中，是否也有郎威揚、嘉嘉，或者所有她所閱讀過的那些人名？

她曾經透過這些人的字裡行間，

體會到跨越於兩個平行地球之間，

那種記憶重疊混淆的糾結苦楚，

那種親人頓時消失的生離死別，

那種亡者重回人間的驚惶恐懼。

如今，一切錯誤的痛苦記憶都將被修正了，

猶如，作了一場從未在自己的地球發生的噩夢！

就在上百名的男女全都沒入巨大的光門後，強光中的那六張面孔，緩緩側過臉看著他們：「〈福滿壽過往所造成的錯誤，已經修正完畢。那些曾經流落於其他平行地球的對應者，也已經被導回這個地球上消失時的各個地點。〉」

他們若有所思地凝視著亦媗與智晏：「〈現在輪到你們了。〉」

「我們也要進去？我又不是另一個地球來的人，不是吧？」智晏的雙眼睜得老大，腦中也飛快地思索著，自己的記憶應該不曾有過任何錯置吧？

領頭的那兩張臉孔笑了出來：「〈當然不是。不過，你難道不希望見到你所認識的那個伍濘？追隨她到另一個完美的地球上，過著沒有戰爭、沒有污染、沒有天災、沒有良心泯滅的人類，與沒有太陽風暴來襲的完美生活？還是，你選擇要繼續留在這個醜陋的地球，一輩子背負著自責與罪惡感，永遠見不到那一位最心愛的女子？〉」

他的眼眶霎時濕潤。十多年來，從地幔空間直至回到地表之後，那些朝思暮想與日夜煎熬的回憶全都湧上心頭。

他聲音沙啞地問道：「我真的可以再見到她？」

六張臉孔同時露出一種肯定的笑容：「〈就當是我們這些落難之神，聽到了你過往的日夜祈禱，為你來圓心中的那個願望，讓你與那一個地球即將死亡前的丁智晏進行置換！〉」

智晏睜著難以置信的雙眼，內心掙扎了良久，才終於牽起嘴角默默點了點頭。

他回過身擁了擁亦媗的肩頭，表情滿是依依不捨：「保重了！感謝妳這一路上陪著我尋找伍滹，假如我們有幸……再住在同一個地球上，相遇時……千萬別忘了向我打聲招呼喔！」

亦媗頓時淚流滿面，緊緊地抱著他，口中還模糊地呢喃著：「會的會的，我一定會跟你打暗號……」

智晏也彎下了腰，望著亦媗腰帶上的橢圓形物體，輕聲嘆了一口氣：「花襲人呀，我不確定是否還會再見到妳喔，要是有緣再見面的話，妳可不可以對我好一點呢？」

襲人眼眶上的ＬＥＤ螢幕，也刷出了一連串的噴淚動畫：「好人哥哥，我會記得……下一次肯定不會再對你恰北北了！」

他面帶微笑凝視著亦媗，緩緩地倒退走了兩、三步後，一如過往那般瀟灑地轉過身後，一路背對著他們不斷地揮手道別，高瘦的身影就那麼漸漸消融在那一道如渦旋般的光門內。

亦媗用手背揮去了淚水，不自覺地搖著頭，望著強光中的那六張臉孔：「我不要到另外一個地球！無論那裡是多麼的完美，都不是我出生長大的地球！」那幾句話，幾乎是聲嘶力竭地喊了出來。

「『真的嗎？妳真的不想一切從頭再來，回到那一段與爺爺奶奶最美好的時光？』」領頭者充滿溫柔的語息說得非常緩慢，就像在引誘著她走入甕之中。

她的眼中再度泛起淚水，垂著眉不自覺地咬著嘴唇。

「（亦媗姐姐，我好想老爺和老夫人呀！）」襲人突然喊了出來，LED螢幕上又是一陣噴淚的動畫。

亦媗的表情頓時凝結，猶豫地搖著頭：「我不知道！我不知道……」

領頭者的那兩張臉孔，同時閉上了眼睛幽幽地說：「（不過，那也由不得妳了。我們剛才說過在這裡等待的『最後一個機緣』，其實就是妳！）」

「為什麼？我為什麼會是你們的最後一個機緣？我不懂，那到底是什麼意思！」她的臉上閃過一抹震驚與疑惑。

領頭者的其中一張臉孔，緩緩轉過頭定睛凝視著亦媗，那是右半邊身軀頸項上的那張女性面容。亦媗看著對方柔和精緻的五官，在光芒之中更顯得如白玉般晶瑩剔透，甚至有一種似曾相識的熟悉感。

「（我早就猜到妳一定會來，畢竟我們兩個人的思維還是有些相近……）」

亦媗睜著不解的雙眼，端詳著那一張既熟悉又陌生的女性臉孔，完全理不清腦中的千頭萬緒。

「（妳還是不懂嗎？其實，我就是妳；妳就是我，我們只不過是過往生活在兩個不同的平行地球，卻因為李天應傳送的聲波，干擾了物換星移的重力波與磁場，並沒有將妳成功置換到我們的地球，只將我與另一半轉移到了這個地球。）」

亦媗的腦袋一片空白，無法相信自己親耳聽到的那一番話，整個人就像失了魂似地完全說不出話。

「〔妳不能再打亂我所在的這個地球的平衡法則，妳我之間必須二選一，只能有一個福亦媗留在這一個地球上！既然我無法回到自己的地球，那麼最好的解決之道，就是將妳轉移到另一個地球，就算讓那個地球的福亦媗消失，我也在所不惜！〕」

她聽不見另一個自己到底還說了些什麼，只覺得那道滿溢著白光的無形之門越來越大，渦漩狀的光團也離她越來越近。早已分不清楚，到底是那一股如洪流般的光芒圍攏住她，還是，自己身不由己，一步步走進了光線之中……

◇◆◇◆

清晨的陽光穿過紗簾溫暖地撒在臥室內，將涼被與床單曬出了一股暖烘烘的新鮮氣息，空氣中傳來一陣濃濃的咖啡香，還伴隨著煎蛋與培根的誘人氣味。沒多久，一位圍著荷葉邊圍裙的女子推開了房門，緩緩走到了床邊，溫柔地搖著涼被下的那個人，輕聲細語地說著話。

「貪睡蟲起床囉，已經早上八點多，太陽曬到屁股了喔。我煎了你最喜歡的楓糖培根，快點起床……不要賴床了，丁智晏！」

原本還半夢半醒蒙著頭的智晏，聽到那一陣熟悉的聲線，頓時在涼被底下睜大眼睛掀開了被子。窗外的陽光，在她背光的身後閃耀著，睡眼迷濛的他用手掌遮住了一隻眼睛，不斷地試著看清她的長相。他撐著床墊迅速坐到床沿，無意中瞥見床頭櫃上那只白色的相框，上面竟然是一張他們倆的結婚照。

「我媽說，今天是我們倆的結婚一周年紀念日，她可不想待在家裡煞風景，吃完早餐後一整天都會在梁媽媽那兒打麻將。」

女子站了起來，自顧自地整理著枕頭與床單：「還是，你想到哪裡走走？到淡水的LA VILLA吃義大利菜，然後去沙崙散步看日落，怎麼樣？」

智晏傻楞楞地望著那張久違的面容，雙眼霎時不爭氣地紅了起來，撲了過去緊緊地抱著她：「真的是妳！真的是妳！妳……說什麼我都聽！都聽……只要能和小瀞永遠在一起，我什麼都聽妳的！」

豆大的男兒淚珠就那麼悄悄地滑了下來。

伍瀞莫名其妙任由智晏摟著他，捧著她的臉蛋不斷親吻，還不停喃著對不起、對不起、對不起……彷彿他做過什麼天誅地滅的事，背離了她。

「你是怎麼了，幹麻這麼肉麻？是不是又作了什麼奇怪的夢？」她溫柔地撫著智晏的背，順手抽了一張面紙擦著他臉上的淚痕：「這麼大個人做個噩夢還哭成這樣，別讓我媽看到笑話了。」

智晏忘情凝視著她臉上綻放的笑容，就像欣賞著這世上最難忘、最清新的那一朵野薑花。是夢嗎？如果過往的一切真的只是一場夢，或者此時此刻才是一場夢，那麼他寧願永遠留在這個夢境中，與她一起生老病死！

那一天的傍晚，他們回到兩人相識時最常來的海灘，走在那一條怎麼也走不完的堤岸邊，樹林裡依舊傳來流轉不絕的蟬鳴，與海岸邊充滿嘻鬧的孩童聲，一陣陣的笑聲飄揚在迎面拂過的微風中。

智晏緊緊牽著伍瀞的手，彷彿擔心她隨時會從身邊消失。他們站在那一座開滿野薑花的橋邊，欣賞著白色的花瓣飄零在潺潺的淡水河支流，有些還在水渦裡打著轉不願離去，有些則隨波逐流開始了它們的旅程。

「爺爺奶奶，你們快來這裡呀！有好多好多白色的花，好美喔！」

那是一名約莫國小高年級的女童，蜜糖色的頭髮綁成了雙馬尾，粉撲般的小臉龐上襯著一雙圓圓的大眼睛和紅潤的嘴唇。她身後幾步之遙有一對銀髮的老夫婦，臉上堆滿著笑意跟在小女孩後面，夫婦倆還各自牽著一隻白色的瑪爾濟斯。

「小丫頭，妳走慢一點，爺爺這雙腿可沒妳那麼利索呀！」

一旁那位慈眉善目的老太太，將頭湊到了橋邊端詳：「喔，那些應該是野薑花呀，妳看它們像不像一群翩翩起舞的白色蝴蝶，在綠色的葉叢之間翻飛著？所以古時候也有人稱它們是蝴蝶花喔。」她那白裡透紅的肌膚與典雅的氣質，看上去是位充滿書卷氣息的斯文長輩。

「是黛玉葬花的那一種花嗎？」小女孩問。

老太太笑了出來：「喔，這個奶奶就不知道了，林黛玉葬過許多不同的花，有桃花、鳳仙石榴花和各色的落花，或許也曾經有蝴蝶花吧？」

就在祖孫三人一答一問之間，那兩隻白色的瑪爾濟斯卻跑到了智晏跟前，好奇地聞著他的褲管和球鞋。其中一隻瑪爾濟斯頭上與耳朵的毛髮，被修剪得像一顆橢圓形的小小橄欖球，還吐著粉紅色的小舌頭，睜著興奮的圓眼對著智晏搖著小尾巴，彷彿早就認識這一名陌生的男子。

伍澥雀躍地蹲了下來，不斷撫摸著兩隻小狗，將它們當成小朋友似地問道：「怎麼這麼可愛啦！就像兩隻潔白的小天使，你們叫什麼名字呀？」

「大的那一隻叫做晴雯，橢圓頭的這一隻是襲人。」小女孩轉過身幫小狗答話，雙眼卻頓時閃過一種似曾相識的目光，停留在一旁的智晏臉上。

伍澥微笑地看著她，還揚了揚眉：「晴雯與襲人？好特別的名字呦。」然後繼續逗弄著那兩隻小狗。

小女孩的目光依然靜止在那裡，凝視著智晏的眼睛問道：「你知道晴雯與襲人是誰嗎？」

智晏毫不猶豫地回答：「《金陵十二釵》又副冊中，賈寶玉的兩位丫鬟。」那兩句話，彷彿毫無意識從他的口中溜了出來。

小女孩霎時露出燦爛的笑容，彷彿對方答對了某種通關密語。

伍瀞征了半秒：「你也知道紅樓夢？」

「沒有呀，應該是聽過什麼人告訴過我吧？」

沙崙的晚霞，帶著一種橙黃與粉紅的光芒，將逐漸暗下來的藍空渲染成一幅繽紛的彩墨，微光的太陽躲在雲層之間，透著若隱若現的萬丈光芒。那一片朦朧的黃昏餘暉，也為他們的身影鑲上了一圈金邊。

那對老夫婦牽著兩隻馬爾濟斯，朝著智晏與伍瀞禮貌地微笑揮手道別。小女孩也緩步回望著他們，然後若有所思地說著：「大哥哥，這一次要好好珍惜大姊姊喔！」隨之，便笑著轉過身一蹦一跳地跟在祖父母身後，頭上的兩條馬尾宛如風的線條輕快地飛揚著。

只留下伍瀞表情納悶地望著智晏：「你見過那個小女孩？」

「好像是？但是忘記是在哪裡……」

他們望著祖孫三人的身影離去後，也朝著反方向的路上繼續散步。伍瀞將頭倚在智晏的臂彎下，右手溫柔地環繞在他的腰際，空氣中洋溢著野薑花若有似無的香氣、她髮絲上的洗髮精氣息，與他身上淡淡的刮鬍水味。夏日的微風吹掠過他的襯衫，也穿進了她飛揚的髮絲裡，將他們的綿綿細語吹送到無盡的長空之中。

剛才無意間交錯的那幾道身影，

在靜默的夕陽之下被越拉越遠，

最後，只剩下遠處潮來潮往的海灘，
泛著玫瑰金色澤的花浪，孤獨地向著寧靜的殘陽。

後記：Playing God

《浮動世界》能夠成書要感謝非常多人，而且這些人都是對我吹毛求疵的個性，有著極大的耐心與包容力。首先是這一本小說的責任編輯喬齊安先生，他對我三不五時的無理要求，總是有求必應、使命必達！甚至願意等待兩年的時間，看著我忙於其他推理系列與犯罪專欄，斷斷續續才完成了這一本以台灣為背景，充滿科幻懸疑的災難小說！

再來，是這次為書封操刀的Dako老師！我對這一位長得如韓星般帥氣的繪師，在用色、構圖與對女性角色的絕美畫工，早已有所聽聞也佩服得五體投地！能夠邀請到他為拙作繪製封面更是興奮不已。他耐心地為我修改過至少兩、三次的圖稿，完美揮灑出小說中那股濃濃的末世感，與剛柔並濟的唯美畫面。

當然，也要感謝說書人銜尾貓老師，她在炎炎初夏還窩在錄音間中，花費了將近兩個星期，為這一本小說的「時間囊前導影片」配音，更發揮了神奇的魔法聲線，模擬出六、七位書中角色的精采對話，為兩段將近一小時的「有聲試閱」章節，帶來極為生動的聲音表演！

二〇一七年，我為了手邊兩本與北極相關的小說，飛到了位於加拿大西北領地（Northwest

Territories）的黃刀鎮（Yellowknife）收集素材與尋找靈感。那是一座只有一萬八千多人的城鎮，絕大多部分的居民都是北美原住民，最重要的是它就位於北極圈以南。我在旅途中也不能免俗下榻於知名的極光村（Aurora Village），在原住民的梯皮帳篷中靜候暗夜的極光降臨。

我們很幸運地在曠野中等待了半個多小時，就親睹人生中無法忘懷的極光之美。剛開始那只是一道如龍形般的淺綠光線，卻在半分鐘後越來越明顯，甚至如裂紋般擴散至整個天際，螢綠的極光霎時如清透的天國紗簾，在撒滿星子的藍絲絨夜空降臨，猶如一片片巨大簾幕的北極光，慢動作般在星空之中搖曳著。

那或許是我這一生之中，見過最絕美的大自然奇景。

原住民嚮導告訴我，過往許多觀光客或「極光追逐者」，有時在雪地上空等了三個夜晚，仍無緣見到極光敗興而歸。這兩年，倒是非常容易就能在夜裡觀賞到，甚至出現過詭異的紅色極光！全是因為太陽黑子（耀斑）的日冕拋射過於活躍，引起強大的太陽風震波，造成地球磁層與電離層的電流增強，甚或是人類對大氣層污染所造成的異變。因此，極光帶才會出現極為頻繁與異常的天象。

就在那一席充滿科學與天文現象的解說後，我眼中美得令人窒息的北極光，彷彿也從飄揚的天使裙襬，頓時多了一股如死神衣角的末世感。

二〇一八年，我陪同台灣來訪的家人二度重遊加拿大的洛磯山脈，搭上了冰原履帶巴士進入阿薩巴斯卡冰川（Athabasca Glacier）與哥倫比亞冰原（Columbia Icefield）。當我的雪靴踏在一望無際的千年冰川、萬年冰原之際，看著底下是歷經千萬年的霜雪所積壓成的凍原，內心浮起了莫名的感動，也不禁讚嘆造物者神奇的指頭！

然而，我隨後也得知由於全球暖化與氣候變遷，造成了北極冰山與永凍原急速消融，而美麗的哥倫比亞冰原也難逃逐漸融化，冰蓋縮小的毀滅命運，預估極可能在五年至十年內會全面關閉。從那一天開始，我對地球極地即將在人類的工業污染中消失殆盡，充滿了無盡的傷感。

我長年旅居於北半球的雪國，因此比亞熱帶的居民們有更多的機會，得知關於北冰洋海平面上升、北極冰山潰融，與北極熊無法生存而南下闖入人類城市的新聞。我在社群網站上曾經轉貼過相關的貼文，才發現許多亞洲的讀者與文友對於北極已經快消失，許多永凍層早已融化變成積水的泥原，還長滿不該出現的植物或巨大的黃花毛，完全一無所知。

也或許，那並不是普羅大眾所關心的羶腥話題吧？

我才下定決心要寫一本關於環保反思的災難小說，描寫那些其實與我們近如咫尺的災難。許多人或許會將之定位為近未來的科幻懸疑小說，殊不知書中所提及的耀斑閃焰、太陽風暴、北極瘟疫、海嘯……種種大自然的反撲，與人類的自取滅亡，完全有可能在往後幾年內發生。

在我撰寫《浮動世界》期間，地球也接連發生過許多懾魄驚魂的異象，從北極震盪、極地渦漩、超級強震、十星連珠的颶風，到接二連三未知的新冠病毒擴散，心中不禁暗忖難道在我未完成書稿之前，書中所提及的所有末世災難就已經來臨了嗎？然而，我也在瑞典少女格蕾塔・童貝里（Greta Thunberg），於國際間多次氣候變遷的演說中，得到了更多的啟發與信心，完成了這一個反省人類行為的題材。

這一本小說之中，我沒有設定確切的男女主角，而是在亂世中抽樣了許多不同境遇的小人物，由他們的觀點來端看自己心中的人類與地球。他們，有第三次世界大戰後，戰敗國（圓之外城邦）的角色們，面臨著即將成為物競天擇犧牲品的悲涼視角；與戰勝國（圓之內城邦）的角色們，對權力、慾望、罪惡和醜惡人性的視角；還有居住於地幔空間中消失的高智慧民族，冷眼觀察著地表人類自相殘殺的慈悲視角；以及充滿神性的落難之神，對人類自以為是萬物之靈卻無惡不作的鄙夷視角。從那些抽樣角色的碎片中，串聯匯集成主軸訴求生態變遷的核心。

我也嘗試以對比的視野，省思人類對待野生動物的殘暴。當我們自詡是高等智慧的靈長類，卻忽然淪為更高智慧物種眼中的次等或低等生物時，我們曾經對待野生動物的規則，也被那些更高等的靈長類套用在我們身上後。我們是否能像過往那些動物一樣，任由高級的物種宰割我們？還是，我們會因此學習到善待這顆星球其他萬物的同理心？

《浮動世界》劇情中所尋找的兇手，也許並不存在，抑或根本就不是別人，而是居住在這顆星球上，卻從未真正去關心與瞭解它的我們。

要推理76 PG2424

要有光 FIAT LUX 浮動世界

作　　者　提子墨
責任編輯　喬齊安
圖文排版　楊家齊
封面插畫　DAKO
封面完稿　蔡瑋筠

出版策劃　要有光
發 行 人　宋政坤
法律顧問　毛國樑　律師
印製發行　秀威資訊科技股份有限公司
114台北市內湖區瑞光路76巷65號1樓
電話：+886-2-2796-3638　傳真：+886-2-2796-1377
http://www.showwe.com.tw
劃撥帳號　19563868　戶名：秀威資訊科技股份有限公司
讀者服務信箱：service@showwe.com.tw
展售門市　國家書店（松江門市）
104台北市中山區松江路209號1樓
電話：+886-2-2518-0207　傳真：+886-2-2518-0778
網路訂購　秀威網路書店：https://store.showwe.tw
國家網路書店：https://www.govbooks.com.tw
總 經 銷　聯合發行股份有限公司
231新北市新店區寶橋路235巷6弄6號4F
電話：+886-2-2917-8022　傳真：+886-2-2915-6275

出版日期　2020年8月　BOD一版
定　　價　280元

Printed in Taiwan

國家圖書館出版品預行編目

浮動世界 / 提子墨著. -- 一版. -- 臺北市 : 要有光, 2020.08
面 ;　公分. -- (要推理 ; 76)
BOD版
ISBN 978-986-6992-48-3(平裝)

863.57　　109007241

讀者回函卡

感謝您購買本書，為提升服務品質，請填妥以下資料，將讀者回函卡直接寄回或傳真本公司，收到您的寶貴意見後，我們會收藏記錄及檢討，謝謝！如您需要了解本公司最新出版書目、購書優惠或企劃活動，歡迎您上網查詢或下載相關資料：http:// www.showwe.com.tw

您購買的書名：________________________________

出生日期：________年________月________日

學歷：□高中（含）以下　□大專　□研究所（含）以上

職業：□製造業　□金融業　□資訊業　□軍警　□傳播業　□自由業

□服務業　□公務員　□教職　□學生　□家管　□其它_____

購書地點：□網路書店　□實體書店　□書展　□郵購　□贈閱　□其他

您從何得知本書的消息？

□網路書店　□實體書店　□網路搜尋　□電子報　□書訊　□雜誌

□傳播媒體　□親友推薦　□網站推薦　□部落格　□其他__________

您對本書的評價：（請填代號　1.非常滿意　2.滿意　3.尚可　4.再改進）

封面設計____　版面編排____　內容____　文／譯筆____　價格____

讀完書後您覺得：

□很有收穫　□有收穫　□收穫不多　□沒收穫

對我們的建議：________________________________

____

____

____

請貼
郵票

11466
台北市內湖區瑞光路 76 巷 65 號 1 樓
秀威資訊科技股份有限公司 收
BOD 數位出版事業部

（請沿線對折寄回，謝謝！）

姓　　名：________　年齡：______　性別：□女　□男

郵遞區號：□□□□□

地　　址：________________

聯絡電話：（日）__________（夜）__________

E-mail：________________